Viagens de GULLIVER

Título original: Gulliver's Travels Into Several Remote Nations of the World
Copyright © Editora Lafonte Ltda. 2022

Todos os direitos reservados.
Nenhuma parte deste livro pode ser reproduzida por quaisquer meios existentes sem autorização por escrito dos editores e detentores dos direitos.

Direção Editorial *Ethel Santaella*
Tradução *Luisa Facincani*
Copidesque *Dida Bessana*
Revisão *Rita del Monaco*
Ilustrações capa e miolo: J.J. Grandville-1863, commons
Voyages de Gulliver dans des contrees lointaines 1863
Capa e diagramação *Marcos Sousa*

Dados Internacionais de Catalogação na Publicação (CIP)
(Câmara Brasileira do Livro, SP, Brasil)

```
Swift, Jonathan, 1667-1745
   Viagens de Gulliver / Jonathan Swift ; tradução
Luisa Facincani. -- São Paulo : Lafonte, 2022.

   Título original: Gulliver's travels into several
remote nations of the world
   ISBN 978-65-5870-307-5

   1. Ficção irlandesa (Inglês) I. Título.

22-132616                                    CDD-823.91
```

Índices para catálogo sistemático:

1. Ficção : Literatura irlandesa em inglês   823.91

Cibele Maria Dias - Bibliotecária - CRB-8/9427

Editora Lafonte
Av. Profª Ida Kolb, 551, Casa Verde, CEP 02518-000, São Paulo-SP, Brasil
Tel.: (+55) 11 3855-2100, CEP 02518-000, São Paulo-SP, Brasil
Atendimento ao leitor (+55) 11 3855- 2216 / 11 3855 - 2213 - atendimento@editoralafonte.com.br
Venda de livros avulsos (+55) 11 3855- 2216 - vendas@editoralafonte.com.br
Venda de livros no atacado (+55) 11 3855-2275 - atacado@escala.com.br

Jonathan Swift

Viagens de Gulliver

Tradução
Luisa Facincani

Brasil, 2022

Lafonte

Sumário

O editor ao leitor
7

Uma carta do capitão Gulliver a seu primo Sympson
9

PARTE I: Viagem a Lilipute
14

PARTE II: Viagem a Brobdingnag
92

O editor ao leitor

[Conforme indicado na edição original.]

O autor destas Viagens, o sr. Lemuel Gulliver, é meu velho e íntimo amigo; há também, entre nós, algum parentesco pelo lado materno. Há cerca de três anos, o sr. Gulliver, cansado da multidão de curiosos que o procurava em sua casa em Redriff, comprou uma pequena propriedade, com uma casa confortável, perto de Newark, em Nottinghamshire, sua terra natal, onde hoje vive recluso, embora ainda goze da boa estima de seus vizinhos.

Ainda que o sr. Gulliver tenha nascido em Nottinghamshire, onde morava seu pai, ouvi-o dizer certa vez que sua família é natural de Oxfordshire, o que pude confirmar no cemitério de Banbury, naquele condado, onde há vários túmulos e monumentos dos Gullivers.

Antes de partir de Redriff, ele deixou sob minha guarda os escritos a seguir, dando-me a liberdade de dispor deles conforme me parecesse mais conveniente. Examinei-os cuidadosamente por três vezes. Seu estilo é muito direto e simples; o único defeito que encontro neles é ser o autor, como é costume entre os viajantes, muito minucioso. Percebe-se em toda a obra um ar de verdade, e, de fato, o autor tanto se distinguia por sua veracidade, que se tornou uma espécie de provérbio entre seus vizinhos em Redriff, *quando alguém afirmava algo, dizer que era tão verdadeiro como se o sr. Gulliver o tivesse dito.*

A conselho de várias pessoas respeitáveis, às quais, com a devida permissão do autor, mostrei esses escritos, agora me arrisco a apresentá-los ao mundo, na esperança de que possam ser, ao menos por algum tempo, um entretenimento melhor para nossos jovens nobres do que os jornalecos sobre a política e os partidos.

Este volume seria pelo menos duas vezes maior se eu não tivesse me atrevido a eliminar numerosas passagens relativas a ventos e marés, bem como leituras de bússola nas várias viagens, além das descrições minuciosas sobre o manejo do navio durante as tempestades, à moda dos marinheiros, assim como as referências a longitudes e latitudes; o que me leva a ter boas razões para temer que o sr. Gulliver possa ficar um pouco insatisfeito. Na verdade, eu estava decidido a adaptar o livro, tanto quanto possível, à capacidade geral dos leitores. No entanto, se minha ignorância em assuntos náuticos me levou a cometer alguns erros, somente eu sou responsável por eles. E, se algum viajante tiver curiosidade de ver a obra completa, tal como a recebi das mãos do autor, estarei pronto a atendê-lo.

Quanto a quaisquer outros detalhes relacionados ao autor, o leitor receberá dele explicações nas primeiras páginas do livro.

RICHARD SYMPSON

Uma carta do capitão Gulliver a seu primo Sympson

Escrita no ano de 1727.

Espero que você esteja pronto para admitir publicamente, quando lhe pedirem que o faça, que devido a sua grande e frequente insistência você me convenceu a publicar um relato muito vago e incorreto das minhas viagens, instruindo-me ainda a contratar um jovem cavalheiro, de qualquer universidade, para corrigir seu estilo e organizá-lo, tal como o fez meu primo Dampier, também aconselhado por você, em seu livro chamado *Uma viagem ao redor do mundo*. Entretanto, não me lembro de ter lhe dado permissão para consentir que alguma coisa fosse omitida e, muito menos, que fosse acrescentada; portanto, quanto aos acréscimos, aproveito esta oportunidade para renunciar a todos, em particular a um parágrafo sobre Sua Majestade, a falecida Rainha Anne, da mais piedosa e gloriosa memória; embora eu a reverenciasse e a estimasse mais do que a qualquer outro membro da espécie humana. Mas você, ou seu interpolador, deveria ter considerado que, se essa não era minha tendência, então não seria decente elogiar nenhum animal de nossa classe diante de meu senhor *Houyhnhnm*: além disso, trata-se de total falsidade; pois, pelo que sei, tendo estado na Inglaterra durante parte do reinado de sua majestade, sei que ela governou por intermédio de um primeiro-ministro; na verdade, de dois, sucessivamente – o primeiro foi lorde de Godolphin e o segundo, o lorde de Oxford –, de modo que me levou a dizer coisa distinta da que realmente era. Do mesmo modo, no meu relato da Academia de Projetistas, e em várias passagens do meu discurso ao meu senhor *Houyhnhnm*, você omitiu algumas circunstâncias relevantes, ou as truncou ou alterou de tal maneira, que mal consigo reconhecer meu trabalho. Quando, anteriormente, lhe dei a entender isso em uma carta, você se limitou a responder que temia me ofender; que as pessoas no poder vigiavam muito atentamente a imprensa e estavam propensas a não só a interpretar, mas também a punir tudo o que parecesse uma "insinuação" (creio que foi esse o termo que você empregou). Mas, diga-me, como poderia o que eu disse há tantos anos e a mais cinco mil léguas de distância, em outro reino, aplicar-se a qualquer um dos *Yahoos*, que, segundo dizem, agora governam o rebanho; especialmente em uma época em que eu pouco pensava na possibilidade, ou mal temia a infelicidade de viver sob o domínio deles? Não tenho eu maiores razões para reclamar quando vejo esses mesmos *Yahoos* sendo carregados por *Houyhnhnms* em veículos, como se estes fossem os brutos e aqueles as criaturas racionais? E, de fato, evitar tal visão monstruosa e detestável foi um dos principais motivos de eu ter me mudado para cá.

Por todas essas razões, julguei apropriado lhe dizer tudo isso em relação a você mesmo e à confiança que em você depositei.

Em seguida, quero lamentar minha falta de juízo, quando me deixei ser convencido pelas súplicas e pelos falsos raciocínios, seus e de outros, indo contra minha opinião e permitindo que minhas viagens fossem publicadas. Por favor, lembre-se de quantas vezes pedi, quando você usou como argumento de modo insistente o bem público, que levasse em conta que os *Yahoos* eram uma espécie de animal completamente incapaz de se emendar à força de preceitos ou exemplos: e foi isso que se provou; pois, em vez de colocar um ponto final em todos os abusos e corrupções, pelo menos nesta pequena ilha, como eu tinha motivos para imaginar que viesse a ocorrer, eis que, depois de mais de seis meses decorridos, não se pode dizer que meu livro tenha produzido um único efeito como pretendido por minhas intenções. Eu pedi-lhe que me informasse, por carta, quando os partidos e as facções fossem abolidos; quando os juízes se tornassem sábios e justos; quando os advogados, honestos e modestos, com algum traço de bom senso; e quando em Smithfield ardessem pilhas de livros de direito; quando a educação dos jovens nobres inteiramente modificada; quando os médicos fossem banidos; quando as mulheres *Yahoos* se destacassem pela virtude, pela honra, pela verdade e pelo bom senso; quando as cortes e as recepções dos grandes ministros fossem completamente capinadas e varridas; quando a sagacidade, o mérito e o saber, recompensados; quando todos os que enxovalham a imprensa em prosa e verso, condenados a não comer nada além do próprio algodão e a matar a sede com a própria tinta. Com essas reformas, e milhares de outras, eu as esperava, considerando os seus relatos, já que, de fato, podiam ser claramente deduzidas dos preceitos contidos em meu livro. E, deve-se admitir, sete meses seriam tempo suficiente para corrigir todos os vícios e as tolices de que padecem os *Yahoos*, se a natureza deles fosse capaz de expressar a mais ínfima disposição à virtude ou à sabedoria. No entanto, em nenhuma de suas cartas você respondeu às minhas expectativas; ao contrário, entrega a nosso mensageiro toda semana um amontoado de libelo, segredos, reflexões, memórias, sendo acusado de censurar grandes estadistas; de degradar a natureza humana (pois eles ainda têm confiança suficiente para assim nomeá-la) e de difamar o sexo feminino. Também noto que os autores desses volumes não estão de acordo entre si; pois alguns não admitem que eu seja o autor das minhas viagens, ao passo que outros me tornam autor de livros sobre os quais nada sei.

Além disso, verifico que seu tipógrafo é descuidado, a ponto de confundir os tempos, errando as datas de minhas diferentes viagens e regressos; deixando de lhes atribuir até mesmo o ano correto, o mês correto, o dia do mês correto. E dizem-me ainda que o manuscrito original foi destruído depois da publicação do meu livro. Também eu não tenho nenhuma cópia; no entanto, enviei-lhe algumas correções, as quais você pode fazer, caso algum dia haja uma segunda edição. E, ainda assim, nessas não posso insistir; entretanto, deixo essa questão a meus leitores criteriosos e imparciais, para que ajustem o texto como acharem melhor.

Ouvi dizer que nossos *Yahoos* do mar encontram falhas na minha linguagem marítima, ou por não ser apropriada em muitos trechos, ou por não estar mais em uso. Isso não posso evitar. Nas minhas primeiras viagens, quando era jovem, fui instruído por marinheiros mais idosos e aprendi a falar como eles o faziam. Verifiquei, todavia, que os *Yahoos* do mar são propensos, como seus semelhantes da terra, a se embriagarem com palavras novas, que mudam a cada ano; de tal modo que, quando me lembro de cada regresso a meu país, podia constatar que seu falar antigo estava tão alterado, que eu mal conseguia entender o novo. E observo, quando algum *Yahoo* vem de Londres, por mera curiosidade, me visitar, que nenhum de nós é capaz de expressar nossos conceitos de modo inteligível ao outro. Se a censura dos *Yahoos* pudesse de alguma forma me afetar, eu teria um bom motivo para reclamar de que alguns deles são tão ousados a ponto de pensar que meu livro de viagens é mera ficção do meu cérebro ou, até mesmo, dar a entender que os *Houyhnhnms* e os *Yahoos* são tão inexistentes quanto os habitantes da *Utopia*.

De fato, devo confessar que, quanto às pessoas de Lilipute, *Brobdingrag* (pois era assim que a palavra deveria ser escrita, e não erroneamente como *Brobdingnag*), e Laputa, nunca ouvi falar de um *Yahoo* tão presunçoso a ponto de contestar sua existência, ou os fatos que relatei a respeito deles; porque a verdade tem a força de atingir imediatamente todos os leitores. E como se poderia considerar menos crível meu relato sobre os *Houyhnhnms* ou os *Yahoos,* quando é evidente que existem milhares destes últimos nesta cidade, só diferindo de seus semelhantes da

Terra de *Houyhnhnm* em brutalidade, porque usam uma espécie de tagarelice e não andam nus? Escrevi para que se emendassem e não para sua aprovação. Os louvores a uma só voz de toda a raça teriam menor consequência para mim do que os relinchos dos dois degenerados *Houyhnhnms* que mantenho em meu estábulo; porque no convívio com eles, por mais degenerados que sejam, ainda me aperfeiçoo em algumas virtudes sem misturar com qualquer vício.

Tais animais miseráveis se atrevem a me julgar tão degenerado a ponto de defender minha veracidade? *Yahoo* que sou, é bem sabido por toda a Terra dos *Houyhnhm*, que graças à instrução e ao exemplo do meu ilustre senhor, fui capaz, no período de dois anos (embora tenha de confessar, com a maior dificuldade), de remover esse hábito infernal de mentir, confundir, enganar e prevaricar, pois quais estão profundamente enraizados na alma de toda a minha espécie, em particular os europeus.

Tenho outras queixas a fazer nesta ocasião tão pouco favorável, contudo, me abstenho de continuar incomodando a mim mesmo ou a você. Devo confessar francamente que desde meu último regresso, alguns vícios da minha natureza *Yahoo* reavivaram-se em mim em razão do contato com alguns membros da sua espécie, em particular os de minha própria família, por uma necessidade inevitável; senão eu nunca teria me dedicado a um projeto tão absurdo quanto o da reforma da raça dos *Yahoos* deste reino; agora, porém, deixei de lado tais planos visionários para sempre.

2 de abril de 1727.

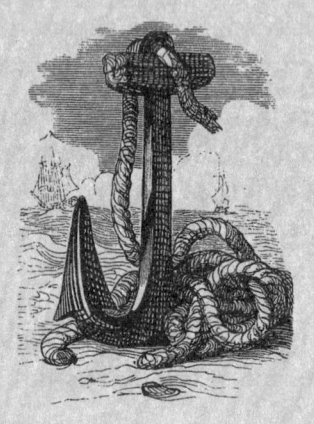

PARTE I
Viagens a Lilipute

CAPÍTULO I

O autor faz alguns relatos sobre si mesmo e sua família e sobre seus primeiros incentivos para viajar. Depois de sofrer um naufrágio e salvar-se nadando até o litoral, no país de Lilipute, é feito prisioneiro e levado para o interior.

Meu pai tinha uma pequena propriedade em Nottinghamshire; eu era o terceiro de cinco filhos. Ele me fez estudar no Emanuel College de Cambridge aos 14 anos, e lá morei por três anos, dedicando-me com afinco aos estudos; mas, como o custo para me manter, embora eu tivesse uma mesada escassa, era demais para os recursos limitados de meu pai, tornei-me aprendiz do sr. James Bates, um eminente cirurgião de Londres, com quem vivi por mais quatro anos. De vez em quando, meu pai me enviava pequenas quantias de dinheiro, que eu empregava no aprendizado da navegação e de outras partes da matemática, as quais são úteis para aqueles que pretendem viajar, o que sempre acreditei que, mais cedo ou mais tarde, seria meu destino. Quando deixei o sr. Bates, voltei para perto de meu pai: lá, com a ajuda dele e do meu tio John, e de alguns outros parentes, consegui 40 libras e uma promessa de 30 libras por ano para manter-me em Leiden: ali estudei medicina por dois anos e sete meses, sabendo que isso me seria útil em longas viagens.

Logo depois de meu regresso de Leiden, fui recomendado por meu bom mestre, o sr. Bates, para o posto de cirurgião do Swallow, comandado pelo capitão Abraham Pannel, com o qual permaneci por três anos e meio, fazendo uma viagem ou duas ao Levante e a algumas outras regiões. Quando regressei, decidi residir em Londres, no que fui encorajado pelo meu mestre, o sr. Bates, que me recomendou a vários pacientes. Aluguei um espaço em uma pequena casa em Old Jury e, sendo aconselhado a alterar meu estado civil, casei-me com a sra. Mary Burton, segunda filha do sr. Edmund Burton, um negociante de meias, estabelecido na rua Newgate, de quem recebi 400 libras pelo dote.

Mas, tendo meu bom mestre sr. Bates falecido dois anos depois e eu por ter poucos amigos, vi meu negócio entrar em crise; pois minha consciência não me permitia imitar a má prática de muitos de meus colegas de profissão. Depois de consultar minha esposa e alguns de meus conhecidos, decidi voltar para o mar. Fui cirurgião em dois navios sucessivamente e fiz várias viagens, por seis anos, às Índias Orientais e Ocidentais, e assim pude aumentar um pouco minhas posses. Minhas horas de lazer eu as passava lendo os melhores autores, tanto clássicos quanto modernos, sempre munido de um bom número de livros; e, quando estava em terra firma, observando as maneiras e as atitudes das pessoas, bem como aprendendo suas línguas, valendo-me da grande facilidade, devo dizer, propiciada por minha poderosa memória.

Não tendo a última dessas viagens se mostrado muito afortunada, cansei-me do mar e decidi permanecer em casa com a minha esposa e minha família. Mudei-me de Old Jury para Fetter Lane e, de lá, para Wapping, na esperança de encontrar clientes entre os marinheiros, mas não obtive sucesso. Depois de três anos esperando que as coisas melhorassem, aceitei uma proposta vantajosa do capitão William Prichard, comandante do Antelope, que seguia em viagem para os mares do Sul. Partimos de Bristol em 4 de maio de 1699, e nossa viagem, a princípio, foi muito próspera.

Não seria apropriado, por diversas razões, cansar o leitor com os detalhes de nossas aventuras naqueles mares; basta dizer-lhe que, em nossa viagem de lá para as Índias Orientais, uma violenta tempestade nos levou para o noroeste da terra de Van Diemen. Devido a uma observação feita, verificamos que estávamos na latitude de 30 graus e 2 minutos Sul. Doze homens de nossa tripulação morreram em razão do trabalho excessivo e da má alimentação; os sobreviventes estavam muito debilitados. No dia 5 de novembro, que naquelas partes marcava o início do verão, estando o tempo muito enevoado, os marinheiros só avistaram uma rocha que se encontrava a meio cabo do navio; mas, sendo o vento muito forte, fomos conduzidos diretamente até ela e, de imediato, o navio se partiu. Seis membros da tripulação, sendo eu um deles, baixaram um bote no mar, esforçando-nos para evitar um choque com o navio e a rocha. Remamos, de acordo com meus cálculos, cerca de três léguas, até não darmos mais conta, pois já estávamos exauridos do trabalho que fizéramos no Navio. Por isso, deixamo-nos ao sabor das ondas e, em cerca de meia hora, o bote foi virado por uma súbita rajada do Norte. O que aconteceu com meus companheiros de bote, bem como com aqueles que escaparam na rocha, ou com os que foram deixados no navio, não sei dizer; mas concluo que todos se perderam. Quanto a mim, nadei conforme a sorte me guiava e fui empurrado para a frente por ventos e ondas. Algumas vezes deixei minhas pernas afundarem, mas não tocaram nenhum fundo; porém, quando estava quase desistindo, incapaz de continuar lutando, encontrei-me em um lugar onde dava pé, e a essa altura a tempestade já diminuíra. A declividade era tão pequena que andei cerca de um quilômetro antes de chegar à costa, quando calculei ser por volta de 8 horas da noite. Avancei, então, por mais meio quilômetro, mas não encontrei nenhum sinal de casas ou habitantes; ou talvez eu estivesse em uma condição tão fraca que não os notei. Estava extremamente cansado e, por isso, e pelo calor que fazia, e por conta de cerca de meio litro de conhaque que havia bebido quando deixei o navio, vi-me muito inclinado a dormir. Eu me deitei na grama, muito curta e macia, onde dormi mais profundamente do que jamais dormi em minha vida, e, segundo calculei, por cerca de nove horas; pois quando acordei, o dia apenas raiara. Tentei me levantar, mas não fui capaz de me mexer: pois, estando deitado de costas, percebi que meus braços e pernas estavam fortemente amarrados no chão de ambos os lados; e meus cabelos, que eram longos e fartos, estavam amarrados da mesma maneira. Também senti várias cordas estreitas em torno do meu corpo, das minhas axilas até as minhas coxas. Eu podia olhar apenas para cima; o sol começava a esquentar e a luz feria meus olhos. Ouvi um barulho confuso ao meu redor, mas, na posição em que estava, não podia ver nada além do céu. Em pouco tempo, senti algo vivo se movendo na minha perna esquerda, avançando com suavidade sobre o meu peito, quase chegando ao meu queixo; ao baixar meus olhos o máximo que pude, percebi que era uma criatura humana com cerca de 15 centímetros de altura, com um arco e uma flecha nas mãos e uma aljava nas costas. Enquanto isso, senti pelo menos outras quarenta do mesmo tipo (como calculei) seguindo o primeiro. Eu estava totalmente espantado e gritei tão alto que todas correram de volta assustadas; e algumas delas, como me disseram depois, feriram-se ao pularem da minha cintura para o chão. No entanto, elas logo voltaram, e uma delas, que se aventurou a ponto de ter uma visão completa do meu rosto, erguendo as mãos e os olhos de admiração, gritou com uma voz estridente, porém clara: *Hekinah degul*; as outras repetiram as mesmas palavras várias vezes, mas eu ainda não sabia o que significavam. Durante todo esse tempo, como o leitor pode imaginar, fiquei muito inquieto. Por fim, lutando para me soltar, tive a sorte de arrebentar as cordas e arrancar as estacas que prendiam meu braço esquerdo no chão; pois, ao levantá-lo até o meu rosto, descobri os métodos que elas haviam usado para me amarrar e, ao mesmo tempo, com um puxão violento, que me causou uma dor excessiva, afrouxei um pouco as cordas que amarravam meus cabelos do lado esquerdo, de modo que pude virar minha cabeça cerca de dois centímetros. Mas as criaturas fugiram novamente, antes que eu pudesse capturá-las; foi nesse momento que ouvi um grito altíssimo e muito agudo, e, depois que ele cessou, ouvi um deles dizer em voz alta *Tolgo phonac*; em um instante, senti cem flechas atingirem a minha mão esquerda, as quais me espetaram como agulhas; além disso, atiraram outras no ar, como fazemos com as bombas na Europa, muitas das quais, suponho, caíram sobre meu corpo (embora não as tenha sentido) e algumas no meu rosto, que imediatamente cobri com a mão esquerda. Quando essa chuva de flechas terminou, deixei escapar um gemido de tristeza e dor; e ao tentar me soltar novamente, outra saraivada ainda maior do que a primeira foi descarregada pelas criaturas e, algumas delas, tentaram espetar as laterais do meu corpo com lanças, mas, por sorte, eu usava um gibão robusto que elas não podiam perfurar. Achei que o mais prudente a fazer era ficar parado, e decidi assim me manter até a noite, quando, com minha mão esquerda já solta, poderia facilmente me libertar: e quanto aos habitantes, eu tinha motivos para acreditar que poderia ser páreo para o maior exército que pudessem reunir contra mim, se fossem todos do mesmo tamanho da criatura que eu vira. A sorte, porém, tinha outros planos. Quando as pessoas observaram que eu estava quieto, não dispararam mais flechas, mas como o barulho aumentava, dei-me conta de que o grupo tinha aumentado; e a cerca de três metros de mim, perto do meu ouvido direito, escutei um martelar que durou mais de uma hora, como se fossem pessoas trabalhando; quando virei a cabeça para aquela direção, até onde permitiam as cordas e as estacas, vi uma plataforma sendo erguida com quase meio metro de altura, capaz de aguentar quatro dos habitantes, com duas ou três escadas para subir nele:

e dali um deles, que parecia ser uma pessoa de caráter, dirigiu-me um longo discurso, do qual eu não compreendi nem uma única sílaba sequer. Mas deveria ter mencionado que, antes que a pessoa mais importante começasse seu discurso, ela gritou três vezes: *Langro dehul san* (estas palavras, tal como as anteriores, foram depois repetidas e explicadas a mim), ao que, imediatamente, cerca de cinquenta habitantes vieram e cortaram as cordas que prendiam o lado esquerdo da minha cabeça, o que me permitiu virá-la para a direita e observar a aparência e os gestos daquele que estava prestes a falar. Ele parecia ser de meia-idade e mais alto do que qualquer um dos outros três que o assistiam, um dos quais era um pajem que lhe segurava a cauda do manto, e parecia ser um pouco maior do que meu dedo médio; os outros dois estavam um de cada lado para apoiá-lo. Ele agia de todas as maneiras como um orador, e pude perceber em sua fala muitas expressões de ameaça e outras de promessas, de piedade e de bondade. Respondi em poucas palavras, mas da maneira mais submissa possível, levantando a mão esquerda e os olhos para o Sol, como se convocando-o a ser testemunha; e quase morto de fome, por não ter comido nada desde algumas horas antes de abandonar o navio, achei as exigências da carne tão fortes sobre mim, que não pude deixar de demonstrar minha impaciência (talvez contra as estritas regras de decência), levando o dedo à minha boca, para indicar que queria comer. O *hurgo* (pois assim chamavam o grão-senhor, como aprendi mais tarde) me compreende muito bem. Desceu da plataforma e ordenou que várias escadas fossem colocadas a meu lado, nas quais centenas de habitantes subiram e caminharam em direção à minha boca, carregando cestas cheias de carne, que tinham sido fornecidas e enviadas para lá por ordem do rei, assim que foi informado de minha existência. Observei que havia carne de vários animais, no entanto não consegui distingui-las pelo sabor. Havia paletas, coxas e lombos, com formatos parecidos com os de um carneiro e muito bem temperados, mas menores do que as asas de uma cotovia. Comia dois ou três carnes a cada bocada, e engolia três pães por vez, que eram do tamanho de balas de mosquete. Eles me alimentavam o mais rápido que podiam, mostrando mil sinais de admiração e espanto diante do volume de comida e do meu apetite. Fiz então outro sinal, indicando que queria beber. Eles perceberam pela minha alimentação que uma pequena quantidade não seria suficiente para mim; e sendo um povo muito engenhoso, suspenderam, com grande destreza, um de seus maiores barris e, em seguida, rolaram-no em minha mão e tiraram-lhe a tampa; eu o bebi em um gole só, o que fiz com tranquilidade, pois não tinha metade de um litro, sendo parecido com um vinho de Borgonha, mas muito mais delicioso. Trouxeram-me um segundo barril, que bebi da mesma maneira, fazendo sinal de que queria mais; entretanto eles não tinham mais nenhum para me trazer. Quando realizei esses feitos, eles gritaram de alegria e dançaram sobre meu peito, repetindo inúmeras vezes como haviam feito antes: *Hekinah degul*. Com sinais indicaram que eu jogasse para baixo os dois barris, todavia primeiro avisaram as pessoas que estavam embaixo para saírem do caminho, gritando: *Borach mevolah*, e quando viram os barris no ar, ouviu-se um grito universal de *Hekinah degul*. Confesso que muitas vezes fiquei tentado, enquanto eles andavam de um lado para o outro sobre meu corpo, a agarrar quarenta ou cinquenta dos primeiros que estivessem a meu alcance e lançá-los contra o chão. Mas a lembrança do que tinha sentido, que provavelmente poderia não ser o pior que poderiam fazer, e a promessa de honra que fiz – pois foi assim que interpretei meu comportamento submisso – logo afastou esses pensamentos. Além disso, agora eu me considerava comprometido pelas leis da hospitalidade com um povo que me tratara com suntuosidade e magnificência. No entanto, em meus pensamentos, não cansava de me maravilhar com a intrepidez desses diminutos mortais, que ousavam subir e andar sobre meu corpo, enquanto uma de minhas mãos estava livre, sem tremer com a visão de uma criatura tão prodigiosa como devia parecer a eles. Após algum tempo, quando eles notaram que eu não exigia mais comida, apareceu diante de mim uma pessoa do alto escalão de Sua Majestade imperial. Sua Excelência, tendo montado na canela da perna direita, avançou até meu rosto, com cerca de uma dúzia de seu séquito; e apresentando suas credenciais sob o sinete real, que ele aproximou dos meus olhos, falou por cerca de dez minutos sem quaisquer sinais de raiva, mas com uma espécie de resolução determinada, muitas vezes apontando para frente, que, como eu descobri mais tarde, era a direção da capital, a pouco mais de meio quilômetro de distância; para onde eu deveria ser levado como havia sido decidido por Sua Majestade em conselho. Eu respondi em poucas palavras, mas foi em vão, e fiz um sinal com a minha mão que estava solta, levando-a até a outra (mas por cima a cabeça de Sua Excelência por medo de machucá-lo ou sua comitiva) e depois até minha cabeça e meu corpo, para indicar que eu desejava minha liberdade. Pareceu-me que ele entendeu bem o suficiente, pois balançou a cabeça para mostrar sua desaprovação e ergueu a mão em um gesto para mostrar que eu deveria ser carregado como prisioneiro. Contudo, ele fez outros sinais para que eu entendesse que teria carnes e bebidas suficientes, e um tratamento muito bom. Depois disso, eu pensei mais uma vez em tentar romper as cordas; mas, quando senti a pontada de suas flechas no rosto e nas mãos, que estavam cobertas de bolhas com muitos dos dardos ainda cravados nelas e observando também que o número dos meus inimigos aumentava, fiz sinais para que soubessem que podiam fazer comigo o que desejassem. Com isso, o *hurgo* e sua comitiva se retiraram, com muita civilidade e semblantes alegres. Logo em seguida, ouvi um grito generalizado, com repetições frequentes das palavras *Peplom selan*; e eu senti um grande número de pessoas do meu lado esquerdo afrouxando as cordas a tal ponto que fui capaz de virar para a direita e urinar, o que eu fiz com abundância, para o grande espanto do povo, que, supondo pelo meu movimento o que eu ia fazer, imediatamente abriram espaço à direita e à esquerda daquele lado para evitar a torrente, que saiu de mim com tanto barulho e violência. Mas antes disso, eles emplastaram meu rosto e minhas mãos com uma espécie de pomada, de cheiro muito agradável, que, em poucos minutos, removeu todo o ardor das flechadas. Essas circunstâncias, somadas ao vigor proporcionado por seus alimentos e bebidas, que eram muito nutritivos, me fizeram dormir. Dormi cerca de oito horas, como fui informado depois; e não foi surpresa alguma, pois os médicos, por ordem do imperador, haviam misturado uma poção do sono nos barris de vinho.

Parece que, assim que fui descoberto dormindo no chão, depois do meu desembarque, o imperador teve conhecimento disso por meio de um mensageiro; e foi decidido em conselho que eu deveria ser amarrado da maneira que relatei (o que foi feito à noite enquanto eu dormia), que muita carne e bebida deveriam ser enviadas para mim, e uma máquina preparada para me levar para a capital.

Essa resolução pode talvez parecer muito ousada e perigosa, e estou confiante de que não seria imitada por nenhum príncipe na Europa em ocasião semelhante. No entanto, na minha opinião, foi extremamente prudente, bem como generosa: pois, se essas pessoas tentassem me matar com suas lanças e flechas enquanto eu dormia, eu certamente teria despertado com a primeira pontada, que poderia ter incitado minha raiva e força, permitindo que eu rompesse as cordas com as quais eu estava amarrado; depois disso, como não seriam capazes de oferecer resistência, não poderiam esperar misericórdia da minha parte.

Essas pessoas são as mais excelentes matemáticas e atingiram uma grande perfeição na mecânica, por incentivo e encorajamento do imperador, que é um renomado patrono do aprendizado. Esse príncipe tem várias máquinas sobre rodas, para o transporte de árvores e outros grandes pesos. Ele frequentemente constrói seus maiores navios de guerra, alguns deles com mais de dois metros e meio, na floresta onde a madeira cresce, e os carrega nessas máquinas por duzentos ou quatrocentos metros até o mar. Quinhentos carpinteiros e engenheiros foram colocados para trabalhar imediatamente na preparação da maior máquina que eles tinham. Era uma estrutura de madeira erguida a quase oito centímetros do chão, com cerca de 2 metros de comprimento e 1 de largura, que se movia sobre vinte e duas rodas. O grito que ouvi foi na chegada dessa máquina, que, ao que parece, partiu quatro horas após minha chegada. Foi colocada ao lado do meu corpo, enquanto eu dormia. Mas a principal dificuldade era me erguer e me posicionar no veículo. Oitenta postes, cada um com 30 centímetros de altura, foram erguidos para esse fim, e cordas muito fortes, da grossura de um barbante, foram atadas por ganchos a muitas bandagens, que os trabalhadores amarraram em torno do meu pescoço, das minhas mãos, do meu corpo e das minhas pernas. Novecentos dos homens mais fortes foram escolhidos para puxar essas cordas, que passavam por diversas polias presas aos postes; e assim, em menos de três horas, fui levantado e colocado na máquina, e ali amarrado rapidamente. Tudo isso me foi dito, pois, enquanto a operação estava sendo realizada, eu estava em um sono profundo, por força daquele remédio soporífero infundido na minha bebida. Mil e quinhentos dos maiores cavalos do imperador, cada um com cerca de 11 centímetros de altura, foram usados para me conduzir em direção à metrópole, que, como eu disse, ficava a menos de um metro de distância.

Cerca de quatro horas depois de começarmos nossa jornada, acordei por conta de um acidente muito ridículo; pois quando a carruagem parou um pouco, para ajustar algo que estava fora do lugar, dois ou três dos jovens nativos tiveram a curiosidade de ver como eu era quando estava dormindo; eles subiram na máquina e avançaram muito suavemente até o meu rosto, um deles, um oficial da guarda, colocou a ponta afiada de seu meio-pique bem fundo na minha narina esquerda, o que fez cócegas no meu nariz como uma palha, e me fez espirrar violentamente; depois disso, eles fugiram sem serem notados e só três semanas depois fui saber a causa do meu despertar tão repentino. Fizemos uma longa marcha na parte restante do dia e descansamos à noite, com quinhentos guardas de cada lado de mim, metade com tochas e metade com arcos e flechas, prontos para atirar em mim se eu ousasse me mexer. Na manhã seguinte, ao nascer do sol, continuamos nossa marcha e chegamos a quase duzentos metros dos portões da cidade por volta do meio-dia. O imperador, e toda sua corte, veio ao nosso encontro; mas seus altos oficiais não permitiriam de modo algum que Sua Majestade se arriscasse subindo no meu corpo.

No lugar onde a carruagem estacionou havia um antigo templo, considerado o maior de todo o reino; que, tendo sido corrompido alguns anos antes por um assassinato incomum, passou a ser visto, de acordo com o zelo dessas pessoas, como profano e, portanto, tornou-se de uso comum, e todos os ornamentos e móveis foram levados embora. Foi decidido que era nesse edifício que eu deveria permanecer. O grande portão voltado para o Norte tinha pouco mais de um metro de altura e 60 centímetros de largura, pelo qual eu poderia facilmente rastejar. Em cada lado do portão havia uma pequena janela, a não mais do que quinze centímetros do chão: na do lado esquerdo, os ferreiros do rei fizeram atravessar noventa e uma correntes, como aquelas que pendiam do relógio de uma senhora na Europa, e quase tão grandes, que foram presas à minha perna esquerda com trinta e seis cadeados. Em frente a esse templo, do outro lado da grande rodovia, a seis metros de distância, havia um torreão com pelo menos um metro e meio de altura. Ali o imperador subiu, como os principais senhores de sua corte, para ter a oportunidade de me ver, segundo disseram, pois eu não podia vê-los. Calculou-se que cerca de cem mil habitantes chegaram com o mesmo propósito; e, apesar dos meus guardas, acredito que no mínimo dez mil, em várias ocasiões, subiram no meu corpo com a ajuda de escadas. Mas uma proclamação foi logo emitida, proibindo tal ação sob pena de morte. Quando os operários perceberam que era impossível eu me soltar, eles cortaram todas as cordas que me seguravam; então eu me levantei, com uma disposição tão melancólica como jamais senti na minha vida. Mas o alarido e o espanto do povo, ao me ver levantar e caminhar, não podem ser descritos. As correntes que seguravam minha perna esquerda tinham cerca de dois metros de comprimento e me davam não apenas a liberdade de andar para frente e para trás em um semicírculo, mas, por estarem fixadas a dez centímetros do portão, permitiam que eu rastejasse e me deitasse esticado no templo.

CAPÍTULO II

O imperador de Lilipute, acompanhado de vários nobres, vem ver o autor feito prisioneiro. Descrição do imperador e de seus hábitos. Sábios são designados para ensinar ao autor o idioma local. Ele cai nas graças do povo por seu temperamento pacífico. Seus bolsos são revistados e sua espada e suas pistolas lhe são tomadas.

Quando me vi em pé e olhei ao meu redor, devo confessar que nunca contemplei um quadro tão interessante. O país ao redor parecia um jardim contínuo, e os campos cercados, que em geral tinham quase 4 m², pareciam vários canteiros de flores. Esses campos eram entremeados com bosques de meio *stang*,[1] e as árvores mais altas, pelos meus cálculos, pareciam ter dois metros de altura. Eu via a cidade à minha esquerda, e ela me lembrava um cenário de uma cidade pintado em um teatro.

---

1   O *stang* equivale a 0,13 hectare. (N.T.)

Eu estava há algumas horas me sentindo extremamente pressionado pelas necessidades da natureza, o que não era surpresa, já que fazia dois dias desde a última vez que eu havia me aliviado. Estava sob pressão, dividido entre a urgência e a vergonha. A melhor saída em que podia pensar era rastejar até minha casa, o que fiz prontamente; e fechando o portão atrás de mim, fui até onde o comprimento da minha corrente permitia e me livrei da carga desconfortável do meu corpo. Mas essa foi a única vez que fui culpado de uma ação tão impura; pela qual posso apenas esperar que o cândido leitor compreenda, depois que tiver examinado meu caso de forma madura e imparcial e a angústia em que eu estava. A partir desse momento, tornou-se minha prática constante, assim que me levantava, fazer minhas necessidades ao ar livre, usando toda a extensão da minha corrente; e tomava o devido cuidado todas as manhãs antes que minhas companhias chegassem, para que a matéria asquerosa fosse levada em carrinhos de mão por dois servos escolhidos para essa tarefa. Eu não teria me alongado tanto tempo em uma situação que, talvez, à primeira vista, possa parecer sem muita importância, se não tivesse pensado que é necessário justificar meu caráter, em termos de limpeza, para o mundo; pois, disseram-me, que alguns dos meus detratores têm questionado esses termos, a propósito dessa e de outras ocasiões.

Quando essa aventura terminou, saí da minha casa, pois precisava de ar fresco. O Imperador já descera do torreão e avançava a cavalo em minha direção, o que pareceu lhe custar caro; pois o animal, embora muito bem treinado, mas totalmente desacostumado a tal visão, que lembrava uma montanha se movendo diante dele, ergueu-se nas patas traseiras; o príncipe, porém, que é um excelente cavaleiro, manteve-se em seu assento, até que seus assistentes chegassem e segurassem a rédea, enquanto Sua Majestade desmontava. Quando desceu, examinou-me com grande admiração; mas se manteve fora do alcance de minha corrente. Ele ordenou a seus cozinheiros e mordomos, já preparados, que me dessem comida e bebida, as quais foram postas em veículos com rodas empurrados até estarem ao meu alcance. Peguei os veículos e logo esvaziei todos eles; vinte estavam cheios de carne e dez de bebida; e cada um deles me fornecia duas ou três bocadas; e despejei o conteúdo de dez vasilhames, que estava dentro de frascos de barro, em um veículo, bebendo-o de uma vez só, e assim também fiz com o resto. A imperatriz e os jovens príncipes de sangue de ambos os sexos, acompanhados de muitas damas, sentaram-se a alguma distância em suas cadeiras; mas, depois do acidente que aconteceu com o cavalo do imperador, se levantaram e se aproximaram de sua pessoa, que agora vou descrever. Ele é mais alto, por uma diferença um pouco menor do que a largura da minha unha, do que qualquer um de sua corte; o que por si só é suficiente para impressionar os observadores. Suas feições são fortes e másculas, com lábios austríacos e nariz aquilino. Sua pele é azeitonada, seu porte, ereto, seu tronco e membros, bem proporcionados, seus movimentos, graciosos e sua conduta, majestosa. Na época já havia passado do seu auge, com 28 anos e nove meses de idade, dos quais reinava há cerca de sete anos com grande felicidade e em geral com muitas vitórias. Para poder melhor contemplá-lo, deitei-me de lado, de modo que meu rosto ficasse paralelo ao dele e ele ficasse a apenas três metros de distância: no entanto, já o tive tantas vezes na mão e, por isso, não posso me enganar na sua descrição. Sua vestimenta era muito simples e singela, e o estilo estava entre o asiático e o europeu; mas usava em sua cabeça um leve elmo de ouro, adornado com joias e uma pluma no alto. Segurava sua espada desembainhada na mão para se defender, caso acontecesse de eu me soltar; essa tinha quase oito centímetros de comprimento; o punho e a bainha eram de ouro incrustados de diamantes. Sua voz era aguda, mas muito clara e articulada; e eu podia ouvi-la distintamente quando me levantava. As damas e os cortesãos vestiam roupas magníficas; de modo que o local em que estavam se assemelhava a uma anágua estendida no chão, bordada com estampas em ouro e prata. Sua Majestade imperial falou muitas vezes comigo, e eu lhe respondi:

mas nenhum de nós podia entender uma sílaba. Vários de seus sacerdotes e advogados estavam presentes (como imaginei pelas roupas deles), que receberam ordens de se dirigirem a mim; e eu falei com eles em todas as línguas nas quais tinha o mínimo de conhecimento, que eram: alemão, holandês, latim, francês, espanhol, italiano e língua franca, porém tudo foi em vão. Depois de cerca de duas horas, a corte se retirou, e fui deixado com uma guarda bem armada, para evitar a impertinência e, provavelmente, a malícia da plebe, que estava muito impaciente para se aglomerar ao meu redor tão perto quanto se atrevia; e alguns tiveram a imprudência de atirar suas flechas em mim, enquanto eu estava sentado no chão na porta da minha casa, sendo que um deles por muito não acertou meu olho esquerdo. Entretanto, o coronel ordenou que seis dos líderes fossem presos e não pensou em outra punição mais apropriada do que colocá-los amarrados em minhas mãos; o que alguns de seus soldados fizeram, empurrando-os para a frente com as pontas de suas lanças até estarem ao meu alcance. Eu os peguei com a mão direita, coloquei cinco deles no bolso do casaco e, quanto ao sexto, fiz uma cara de quem estava prestes a comê-lo vivo. O pobre homem gritou terrivelmente, e o coronel e seus oficiais estavam sofrendo, especialmente quando viram que eu saquei meu canivete: mas logo os tranquilizei; pois, com uma expressão amena, cortei imediatamente as cordas com as quais ele estava amarrado, coloquei-o com suavidade no chão e ele fugiu. Tratei o resto da mesma maneira, tirando-os um a um do meu bolso; e observei que tanto os soldados quanto o povo estavam muito encantados com esse símbolo da minha clemência, a qual em muito contribuiu para aumentar minha estima entre a corte.

Quando anoiteceu, entrei com certa dificuldade em minha casa, onde me deitei no chão e assim continuei fazendo por cerca de quinze dias; durante esse período, o imperador ordenou que preparassem uma cama para mim. Seiscentas camas de tamanho normal foram trazidas em carruagens e colocadas na minha casa; cento e cinquenta dessas camas, costuradas juntas, compunham a largura e o comprimento; e por cima delas colocaram o restante, formando quatro camadas: o que, no entanto, não aliviava a dureza do chão, que era de pedra lisa. Pelo mesmo cálculo, eles me forneceram lençóis, cobertores e mantas, razoáveis o suficiente para alguém já acostumado às dificuldades como eu.

À medida que a notícia da minha chegada se espalhou pelo reino, um número imenso de pessoas ricas, ociosas e curiosas veio me ver, de modo que os vilarejos estavam quase vazios; e uma grande negligência na lavoura e nos assuntos domésticos resultaria disso, se Sua Majestade imperial não tivesse proclamado vários éditos e decretos contra tal inconveniência. Ele ordenou que aqueles que já tivessem me visto voltassem para casa, e que só se aproximassem até 45 metros da minha casa com uma licença fornecida pela corte, o que se tornou uma fonte de renda considerável para os secretários de Estado.

Nesse interregno, o imperador realizou inúmeros conselhos para debater o que deveria ser feito comigo; e depois um amigo em particular me garantiu, uma pessoa de grande caráter, que estava mais informada dos segredos do que qualquer outra, que a corte estava com muitas dificuldades em relação a mim. Eles temiam que eu me soltasse; que minha dieta fosse muito cara e causasse fome no país. Chegaram a decidir me matar de fome; ou então atirar flechas envenenadas em meu rosto e em minhas mãos, o que me mataria mais depressa. Porém, consideraram que o fedor de um cadáver tão grande poderia produzir uma praga na metrópole e, provavelmente, se espalhar por todo o reino. Em meio a essas consultas, vários oficiais do exército foram até a porta da grande Câmara do Conselho, e dois deles, ao entrarem no local, fizeram um relato sobre meu comportamento em relação aos seis criminosos acima mencionados; o que causou uma impressão tão favorável no coração de Sua Majestade e de todo o Conselho, em meu nome, que uma ordem imperial foi emitida, obrigando todos os vilarejos, até oitocentos metros ao redor da cidade, a entregar todas as manhãs seis bois, quarenta carneiros e outros alimentos para meu sustento; com uma quantidade proporcional de pão, vinho e outras bebidas; para o devido pagamento, Sua Majestade emitiu créditos sobre seu tesouro: pois esse príncipe vive principalmente das próprias terras; raramente, exceto em grandes ocasiões, atribui quaisquer subsídios a seus súditos, que são obrigados a combater em suas guerras à própria custa. Estabeleceu-se também que seiscentas pessoas trabalhariam para mim, com salário para se sustentarem, e tendas foram construídas para seu alojamento muito convenientemente dos dois lados da minha porta. Também se ordenou que trezentos alfaiates deveriam costurar para mim um conjunto de roupas típico do país; que seis dos mais instruídos homens de Sua Majestade deveriam me ensinar sua língua; e, por fim, que os cavalos do imperador, dos nobres e da guarda imperial deveriam se exercitar com frequência diante de mim, para se acostumarem comigo. Todas essas ordens foram devidamente executadas; e em cerca de três semanas fiz um grande progresso no aprendizado de sua língua; durante esse período o imperador me honrava frequentemente com sua visita, e ajudou, com prazer, os meus mestres a me ensinar. Já conseguíamos conversar um pouco; e as primeiras palavras que aprendi foram para expressar meu desejo de que ele, por favor, me concedesse minha liberdade, palavras essas que todos os dias eu repetia de joelhos. Sua resposta, como eu a compreendia, era que isso demandava tempo, não podia ser resolvido sem as recomendações de seu conselho, e que primeiro eu deveria *lumos kelmin pesso desmar lon emposo*, isto é, jurar paz a ele e a seu reino. No entanto, eu deveria ser tratado com muita bondade. E me aconselhou a conquistar, com paciência e comportamento discreto, a boa estima dele e de seus súditos. Ele desejava que eu não o levasse a mal, caso desse ordens a alguns oficiais apropriados de me revistarem; pois eu provavelmente poderia carregar várias armas, que deveriam ser perigosas, se fossem do mesmo tamanho de uma pessoa tão gigantesca. Eu respondi que Sua Majestade ficaria satisfeita, pois estava pronto para me despir e esvaziar todos os meus bolsos diante dele. Isso expressei parte em palavras e parte em sinais. Ele respondeu que, pelas leis do reino, devo ser revistado por dois de seus oficiais; que ele sabia que isso não poderia ser feito sem meu consentimento e auxílio; e tinha uma opinião muito boa sobre minha generosidade e justiça, a ponto de confiar suas pessoas em minhas mãos; que tudo o que eles tirassem de mim seria devolvido quando eu deixasse o país, ou seria pago no valor que eu definisse. Peguei os dois oficiais com as mãos, coloquei-os primeiro nos bolsos do casaco e depois em todos os outros bolsos que havia, exceto nos meus dois bolsos dianteiros da calça e em um outro bolso secreto, que não queria que fosse revistado, onde havia alguns pequenos itens que só interessavam a mim. Em um dos bolsos dianteiros havia um relógio de prata e, no outro, uma pequena quantidade de ouro numa bolsinha. Esses senhores, tendo caneta, tinta e papel com eles, fizeram um inventário exato de tudo o que viram; e, quando terminaram, pediram que eu colocasse tudo no chão para que pudessem entregar ao imperador. Depois traduzi esse inventário para o inglês, que está escrito da seguinte forma, palavra por palavra:

"Primeiramente: no bolso direito do casaco do grande homem-montanha (pois assim interpretei as palavras *quinbus flestrin*), depois de uma busca rigorosa, encontramos apenas um enorme pedaço de tecido grosseiro, grande o suficiente para ser um tapete da sala principal de Sua Majestade. No bolso esquerdo vimos um enorme baú de prata, com uma tampa do mesmo metal, que nós, os investigadores, não fomos capazes de erguer. Pedimos que fosse aberto e um de nós entrou nele, afundando até a metade da perna em uma espécie de pó, o que fez com que parte dele voasse até nosso rosto e fazendo com que espirrássemos várias vezes. No bolso do colete direito, encontramos um imenso pacote de coisas finas e brancas, dobradas uma sobre a outra, do tamanho de três homens, amarradas com uma corda forte e marcadas com sinais pretos; que humildemente imaginamos serem escritos, cada letra com quase metade do tamanho da palma de nossa mão. No bolso esquerdo havia uma espécie de aparato, do qual se estendiam na parte de trás vinte longos postes, que lembravam as paliçadas diante da corte de Sua Majestade: presumimos que é com isso que o homem-montanha penteia seus cabelos, pois nem sempre o importunamos com perguntas, já que temos grande dificuldade em fazer com que ele nos entenda. No bolso maior, do lado direito de sua veste do meio (visto que foi assim que traduzi a palavra *ranfulo*, com a qual se referem às minhas calças), vimos um pilar oco de ferro, do comprimento de um homem, preso a um pedaço grosso de madeira maior do que o pilar; e, de um lado do pilar, havia enormes pedaços de ferro saindo, cortados em formas estranhas, que não sabemos para que serve. No bolso esquerdo havia outro artefato do mesmo tipo. No bolso menor do lado direito, havia várias peças planas e redondas de metal branco e vermelho, de tamanhos diferentes; algumas das brancas, que pareciam ser de prata, eram tão grandes e pesadas que meu camarada e eu mal conseguimos levantá-las. No bolso esquerdo havia dois pilares pretos de forma irregular: alcançamos, com dificuldade, o topo deles, pois estávamos no fundo do bolso. Um deles estava coberto e parecia ser inteiriço, porém no topo do outro pilar havia uma substância branca redonda, com cerca de duas vezes o tamanho de nossa cabeça. Dentro de cada um deles havia uma placa enorme de aço; que, por nossas ordens, ele foi obrigado a nos mostrar, porque temíamos que poderiam ser máquinas perigosas. Ele as tirou de seu estojo e nos disse que em seu país era uma prática comum raspar a barba com um deles e cortar a carne com o outro. Havia dois bolsos nos quais não pudemos entrar: estes ele chamou de bolsinhos do relógio; eram duas grandes fendas cortadas no topo da parte dianteira das calças, mas bem fechadas devido à pressão de sua barriga. Do bolsinho direito pendia uma grande corrente de prata, com um tipo maravilhoso de mecanismo na parte inferior. Pedimos que tirasse o que quer que estivesse no fim dessa corrente; que parecia ser um globo, metade prata e metade de algum metal transparente; pois, do lado transparente, vimos certas figuras estranhas de formato circular desenhadas, e pensamos que poderíamos tocá-las, até termos nossos dedos impedidos pela substância lúcida. Ele colocou esse mecanismo em nosso ouvido, e ele fazia um barulho incessante, como o de um moinho de água: e presumimos que é algum animal desconhecido ou o Deus que ele adora; mas estamos mais inclinados à última opinião, porque ele nos assegurou (se o entendemos corretamente, pois ele se expressa com imperfeição) que ele nunca fazia qualquer coisa sem onsulta-lo. Ele o chamou de seu oráculo, e disse que indicava o tempo de cada ação em sua vida. Do bolsinho esquerdo, tirou uma rede quase grande o suficiente quanto a de um pescador, mas conseguiu abrir e fechar como uma bolsa, e servia-lhe com o mesmo propósito: encontramos nela várias peças maciças de metal amarelo, que, se forem ouro de verdade, devem ter um imenso valor.

Tendo assim, em obediência aos mandamentos de Vossa Majestade, diligentemente revistado todos os seus bolsos, observamos um cinto sobre sua cintura feito da pele de algum animal imenso, do qual, no lado esquerdo, pendia uma espada do comprimento de cinco homens; e, à direita, uma bolsa ou algibeira dividida em duas repartições, cada uma capaz de carregar três dos súditos de Vossa Majestade. Em uma dessas repartições havia vários globos, ou bolas, de um metal pesado, do tamanho de nossa cabeça, e que demandavam uma mão forte para erguê-los: a outra repartição continha uma pilha de certos grãos pretos, não muito grandes nem pesados, pois conseguíamos segurar cerca de cinquenta deles na palma de nossa mão.

Este é um inventário exato do que encontramos no corpo do homem-montanha, que nos tratou com grande civilidade e com o devido respeito pelas Ordens de Sua Majestade. Assinado e selado no quarto dia da octogésima nona lua do auspicioso reinado de Vossa Majestade.

Clefrin Frelock, Marsi Frelock.

Quando esse inventário foi lido para o imperador, ele me instruiu, embora em termos muito gentis, a entregar vários dos itens. Primeiro pediu minha cimitarra, que tirei, com bainha e tudo. Nesse meio-tempo, ordenou que 3 mil de seus melhores soldados (que no momento o acompanhavam) me cercassem a distância, com seus arcos e flechas prontos para serem disparados; mas não notei isso, pois meus olhos estavam totalmente fixados em Sua Majestade. Em seguida, pediu que eu mostrasse minha cimitarra, que, embora estivesse enferrujada por causa da água do mar, era, na maioria das partes, muito brilhante. Eu a mostrei, e imediatamente todas as tropas deram um grito de terror e surpresa; pois o sol brilhava e o reflexo cegou seus olhos, enquanto eu brandia a cimitarra para lá e para cá nas mãos. Sua Majestade, que é um príncipe muito magnânimo, ficou menos intimidado do que eu poderia esperar: ele ordenou que eu a guardasse de novo na bainha e a colocasse no chão da maneira mais gentil que pudesse, a cerca de dois metros da extremidade da minha corrente. A próxima coisa que exigiu foi um dos pilares ocos de ferro; ou seja, minhas pistolas de bolso. Tirei-as do bolso e, a seu pedido, tão bem quanto pude, expliquei seu uso; e carregando-a apenas com pólvora, que, por estar bem fechada em minha algibeira, escapou de molhar-se no mar (uma inconveniência contra a qual todos os marinheiros prudentes têm especial cuidado), primeiro avisei ao imperador para não ter medo, e então atirei no ar. O espanto nesse momento foi muito maior do que quando viram minha cimitarra. Centenas caíram como se tivessem sido mortos; e até mesmo o imperador, embora permanecesse de pé, não conseguiu se recuperar por algum tempo. Entreguei as duas pistolas da mesma maneira que fiz com a cimitarra e depois minha algibeira de pólvora e as balas; implorando-lhe que mantivesse a primeira longe do fogo, pois acenderia com a menor faísca e explodiria seu palácio imperial. Também entreguei meu relógio, que o imperador estava muito curioso para ver, e ordenou a dois de seus mais altos guardas que o carregassem em uma vara sobre seus ombros, como os charreteiros na Inglaterra carregavam um barril de cerveja. Ele ficou surpreso com o barulho contínuo que fazia e com o movimento do ponteiro dos minutos, que ele poderia facilmente discernir; pois a visão deles é muito mais aguçada do que a nossa: ele perguntou a opinião de seus sábios sobre isso, as quais eram variadas e distantes da realidade, como o leitor pode muito bem imaginar sem que eu repita; embora, na verdade, não pudesse compreendê-los perfeitamente. Depois entreguei meu dinheiro de prata e de cobre, minha bolsa, com nove grandes pedaços de ouro e outros menores; minha faca e navalha, meu pente e a caixa de rapé de prata, meu lenço e meu diário. Minha cimitarra, pistolas e algibeira foram levadas em carruagens para os armazéns de Sua Majestade; mas o resto dos meus pertences me foram devolvidos.

 Eu tinha, como mencionei antes, um bolso secreto que escapou da busca, onde havia um par de óculos (que eu às vezes uso por causa da fraqueza dos meus olhos), uma luneta de bolso e alguns outros pequenos itens; que, não tendo importância para o imperador, não me achei obrigado pela honra mostrar, e temi que eles pudessem se perder ou se estragar se não estivessem em minha posse.

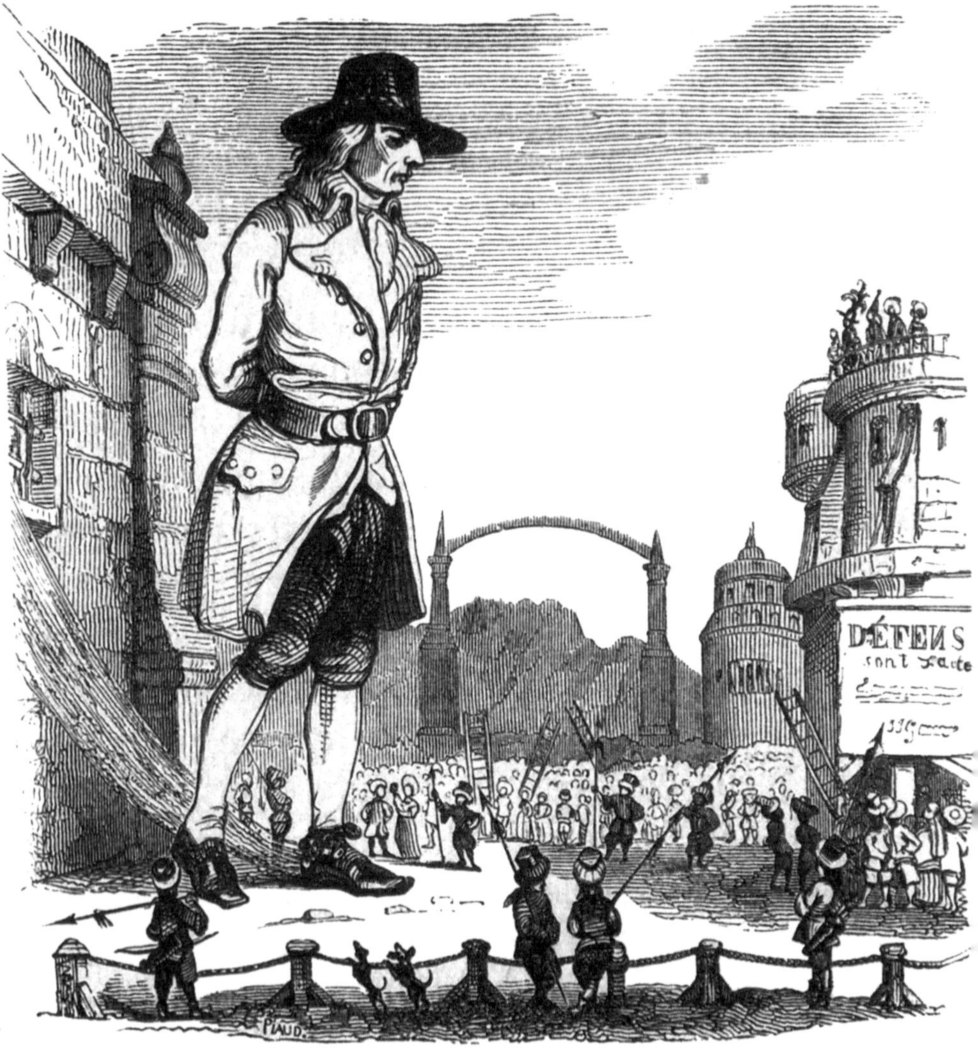
DÉFENS
sont faite
PIAUD.

CAPÍTULO III

O autor entretém o imperador
e os nobres de ambos os sexos
de modo incomum.
As diversões da corte de
Lilipute são descritas.
O autor obtém sua liberdade
sob certas condições.

Minha afabilidade e bom comportamento haviam conquistado de tal modo o imperador e sua corte, e até o exército e o povo em geral, que comecei a nutrir esperanças de obter minha liberdade em pouco tempo. Vali-me de todos os métodos possíveis para cultivar essa disposição favorável. Os nativos passaram, pouco a pouco, a ficar menos apreensivos em relação a mim. Às vezes, eu me deitava no chão e deixava que cinco ou seis deles dançassem em minha mão. E, por fim, os meninos e as meninas se aventuraram a brincar de esconde-esconde no meu cabelo. Eu já havia feito um bom progresso no sentido de compreender e falar a língua deles. Um dia o imperador teve a ideia de me divertir com vários espetáculos, nos quais eles excedem todas as nações que já conheci, tanto em destreza quanto em esplendor. A que mais me encantou foi a dos dançarinos na corda bamba, que se apresentaram sobre um fio branco estreito, estendido por cerca de sessenta centímetros e a trinta centímetros do chão. Sobre esse evento, peço paciência ao leitor, para poder me alongar um pouco.

Essa diversão só é praticada por quem se candidata a elevados cargos e altos privilégios na corte. Eles são treinados nessa arte desde a juventude e nem todos vêm de berço nobre ou tiveram uma educação liberal. Quando um alto cargo fica vago, porque aquele que o ocupava morreu ou caiu em desgraça (o que é bastante frequente), cinco ou seis desses candidatos enviam uma petição ao imperador oferecendo-se para entreter Sua Majestade e a corte com uma dança na corda bamba; e aquele que saltar mais alto, sem cair, consegue o cargo. Não é raro que primeiros-ministros sejam obrigados a demonstrar suas habilidades, para convencer o imperador de que não perderam sua habilidade. Flimnap, o tesoureiro, tem permissão para saltar na corda reta a uma altura de pelo menos dois centímetros mais alto do que qualquer outro senhor em todo o império. Já o vi dar vários saltos mortais sobre uma tábua de carne afixada à corda que não é mais grossa do que um barbante comum na Inglaterra. Meu amigo Reldresal, primeiro-secretário de assuntos particulares é, na minha opinião, se eu não estiver sendo parcial, o segundo melhor depois do tesoureiro; os demais altos funcionários estão mais ou menos em pé de igualdade.

Tais diversões são frequentemente acompanhadas por acidentes fatais, dos quais há um grande número registrado. Eu mesmo pude ver vi dois ou três candidatos quebrarem um dos membros. Mas o perigo é muito maior quando os próprios ministros são obrigados a mostrar sua habilidade; pois, na tentativa de se superarem e a seus colegas, eles se esforçam tanto que quase todos já caíram uma vez, alguns deles até duas ou três vezes. Contaram-me que, um ou dois anos antes de minha chegada, Flimnap teria com certeza quebrado o pescoço se uma das almofadas do rei, que acidentalmente estava no chão, não tivesse amortecido a força de sua queda.

Há também outra diversão, que só é apresentada diante do imperador e da imperatriz, e do primeiro-ministro, em ocasiões determinadas. O imperador deixa sobre a mesa três fios de seda fina, de quinze centímetros de comprimento; um é azul, o outro, vermelho e o terceiro, verde. Esses fios são oferecidos como prêmios às pessoas que o imperador pretende distinguir com um símbolo particular de sua generosidade. A cerimônia é realizada no grande Salão de Reuniões de Sua Majestade, onde os candidatos são obrigados a passar por uma prova de destreza muito diferente da anterior e, como observei, nada parecida com algo que eu já tenha visto em qualquer outro país do Novo ou do Velho Mundo. O imperador segura com ambas as mãos um bastão, em ambas as extremidades paralelas ao horizonte, enquanto os candidatos avançam, um por um, às vezes saltando sobre a vara, às vezes rastejando sob ela, para frente e para trás, várias vezes, conforme a vara é levantada ou abaixada. Às vezes, o imperador segura uma das extremidades da vara e o primeiro-ministro a outra; outras vezes o primeiro-ministro a segura sozinho. Quem desempenha seu papel com mais agilidade e fica por mais tempo saltando e rastejando é recompensado com o fio de seda azul; o vermelho é dado ao segundo e o verde ao terceiro; eles usam esse fio enrolado duas vezes ao redor da cintura; e vê-se poucas pessoas importantes da corte que não são adornadas com um desses fios.

Os cavalos do exército e os dos estábulos reais, por serem conduzidos todos os dias diante de mim, não se assustavam mais, ao contrário, se aproximavam dos meus pés sem se sobressaltarem. Os cavaleiros saltavam com eles sobre minha mão, enquanto eu a mantinha no chão, e um dos caçadores do imperador, montado em um grande corcel, saltou sobre meu pé, com sapato e tudo; o que foi realmente um salto prodigioso. Tive a sorte de divertir o imperador um dia depois de uma forma extraordinária. Pedi que ele mandasse que fossem trazidos para mim vários pedaços de pau de 60 centímetros de altura e da espessura de uma bengala comum; em seguida Sua Majestade ordenou ao mestre da floresta que desse as ordens necessárias e, na manhã seguinte, seis lenhadores chegaram em seis carroças, cada uma delas puxada por oito cavalos. Peguei nove desses paus e os fixei com firmeza no chão em uma forma quadrangular, com menos de 1 m2, depois peguei outros quatro e amarrei-os de forma paralela em cada canto, a cerca de sessenta centímetros do chão; então prendi meu lenço aos nove paus que estavam na vertical e o estendi por todos os lados, até que estivesse tão esticado como o couro de um tambor; e os quatro paus paralelos, cerca de doze centímetros mais altos do que o lenço, serviam como parapeitos de cada lado. Quando terminei meu trabalho, pedi que o imperador enviasse uma tropa com seus melhores cavalos, vinte e quatro no total, se exercitar sobre essa planície. Sua Majestade aprovou minha proposta, e eu os levantei, um por um em minhas mãos, montados e armados, com os oficiais apropriados para exercitá-los. Assim que entraram em ordem, dividiram-se em dois grupos, simularam escaramuças, lançaram flechas sem ponta, sacaram suas espadas, fugiram e perseguiram, atacaram e se retiraram, em suma: demonstraram a melhor disciplina militar que já vi. Os paus paralelos garantiam que eles e os cavalos não caíssem do palco; e o imperador ficou tão encantado que ordenou que essa apresentação se repetisse por vários dias, e uma vez pediu-se que o levantasse para que pudesse comandar do alto e, com grande dificuldade, convenceu a imperatriz a me deixar levantá-la em sua liteira a dois metros do palco, de onde ela pôde ter uma visão geral de todo o espetáculo. Por sorte minha, nenhum acidente mais sério aconteceu nessas apresentações; apenas uma vez um corcel mais genioso, pertencente a um dos capitães, ao bater com o casco no meu lenço fez um buraco e, escorregando, derrubou o cavaleiro e a si mesmo; mas imediatamente salvei os dois e, cobrindo o buraco com uma das mãos, retirei a tropa com a outra, do mesmo modo que os havia colocado lá. O cavalo que caiu estirou o ombro esquerdo, mas o cavaleiro não se machucou; e consertei meu lenço tão bem quanto pude: no entanto, não pude mais confiar nele para proezas tão perigosas.

Cerca de dois ou três dias antes de me concederem a liberdade, enquanto estava entretendo a corte com tais façanhas, chegou um mensageiro para informar Sua Majestade que alguns de seus súditos, que estavam perto do local onde fui encontrado, tinham visto uma grande substância negra no chão, de forma muito estranha, cuja borda era tão larga quanto o quarto de Sua Majestade, elevando-se à altura de um homem; que não era uma criatura viva, como alguns deles suspeitaram a princípio, pois estava imóvel na grama; e alguns deles andaram ao seu redor várias vezes; que, tendo subido uns nos ombros dos outros, haviam conseguido chegado ao topo, que era plano e uniforme, e, ao pisarem com força sobre ele, descobriram que era oco por dentro; que eles humildemente imaginavam que poderia ser algo pertencente ao homem-montanha; e que se Sua Majestade o quisesse, eles se comprometeriam a trazê-lo com apenas cinco cavalos. De imediato compreendi do que falavam e fiquei muito feliz de receber tal informação. Parece que, ao chegar à costa depois de nosso naufrágio, eu estava tão confuso que, antes de ir ao lugar onde adormeci, meu chapéu, que eu havia amarrado com um barbante na minha cabeça enquanto remava e que tinha permanecido preso durante todo o tempo que eu nadava, caiu depois que cheguei em terra; o barbante, presumo, rompeu-se por algum acidente, que eu nunca notara, mas pensei que meu chapéu tinha se perdido no mar. Implorei a Sua Majestade imperial para ordenar que fosse trazido a mim o mais rápido possível, descrevendo-lhe o uso e a natureza do objeto: no dia seguinte, os carroceiros o trouxeram, mas não em bom estado; eles tinham feito dois furos na aba, a cerca de quatro centímetros da borda, e prenderam dois ganchos nos furos; esses ganchos foram amarrados por uma corda nos arreios, e, assim, meu chapéu foi arrastado por quase um quilômetro; todavia, como o chão naquela terra é extremamente plano e liso, ficou menos danificado do que eu imaginava.

Dois dias depois dessa aventura, o imperador, tendo ordenado que parte de seu exército, que se alojava na metrópole e ao redor dela, estivesse pronta, quis se divertir de uma forma muito singular. Pediu que eu ficasse de pé como um colosso, com minhas pernas tão afastadas quanto possível. Em seguida, ordenou a seu general (que era um velho e experiente oficial e um grande protetor meu) que organizasse as tropas em formação cerrada e as fizesse marchar passando debaixo de mim; os da infantaria em vinte e quatro colunas, os da cavalaria, em dezesseis, com tambores soando, bandeiras tremulando e lanças em riste. Esse grupo consistia em 3 mil homens da infantaria e mil da cavalaria. Sua Majestade deu ordens, sob pena de morte, de que todos os soldados durante o desfile se comportassem com a maior decência em relação à minha pessoa; o que, no entanto, não impediu que alguns dos oficiais mais jovens levantassem os olhos enquanto passavam por baixo de mim; e, para dizer a verdade, minhas calças estavam naquela época em tão má condição que proporcionaram algumas oportunidades de riso e espanto.

Eu já havia enviado tantos memorandos e petições pedindo minha liberdade, que Sua Majestade finalmente mencionou o assunto, primeiro na reunião de seu gabinete e, depois, diante de todo o Conselho; onde meu pedido foi apoiado por todos, exceto por Skyresh Bolgolam, que se esforçava bastante, sem ter sido provocado, para ser meu inimigo mortal. Entretanto, o conselho todo votou contra ele, e o imperador confirmou essa decisão. Esse ministro era um *galbet*, ou seja, um almirante do reino, que gozava da plena confiança de seu mestre e era uma pessoa bem informada em diversos assuntos, mas com um temperamento melancólico e amargo. No entanto, foi finalmente persuadido a concordar; insistindo, porém, que os artigos e condições que regeriam minha libertação, e sobre os quais devo jurar, deveriam ser elaborados por ele. Tais artigos foram trazidos a mim pelo próprio Skyresh Bolgolam, acompanhado de dois subsecretários e de várias pessoas de prestígio. Depois de lidos, me pediram que eu jurasse cumpri-los; primeiro à maneira do meu país, e depois no método prescrito por suas leis; que ordenava que eu segurasse o pé direito com a mão esquerda, colocasse o dedo médio da mão direita no topo da minha cabeça e o polegar na ponta da orelha direita. Mas como o leitor pode estar curioso a respeito do estilo e da maneira de expressão peculiar desse povo, bem como do artigo com o qual recuperei minha liberdade, fiz uma tradução de todo o documento, palavra por palavra, tão fielmente quanto pude, que aqui ofereço ao público.

"Golbasto Momarem Evlame Gurdilo Shefin Mully Ully Gue, o mais poderoso imperador de Lilipute, a alegria e o terror do universo, cujos domínios se estendem por 5 mil *blustrugs* (cerca de 20 quilômetros de circunferência) até as extremidades do globo; monarca de todos os monarcas, mais alto do que os filhos dos homens; cujos pés pisam no centro e cuja cabeça atinge o sol; cujo menor aceno faz as pernas dos príncipes da Terra tremerem; agradável como a primavera, confortável como o verão, frutífero como o outono, terrível como o inverno: Sua Majestade mais sublime propõe ao homem-montanha, recém-chegado a nossos celestes domínios, os seguintes artigos, os quais, por um juramento solene, ele será obrigado a cumprir:

Art. 1º. O homem-montanha não deverá se afastar de nossos domínios sem nossa licença, devidamente marcada pelo Sinete Real.

Art. 2º. Ele não ousará entrar em nossa metrópole sem nossa ordem expressa; em tal ocasião, os habitantes deverão ser avisados com duas horas de antecedência para não saírem de suas casas.

Art. 3º. O referido homem-montanha deverá limitar suas caminhadas às nossas estradas principais, e não caminhará nem se deitará tanto em prados quanto em plantações de milho.

Art. 4º. Quando andar pelas referidas estradas, tomará o máximo de cuidado para não pisar no corpo de nenhum de nossos amados súditos, seus cavalos ou carroças, nem tomará em suas mãos qualquer um de nossos súditos sem o consentimento.

Art. 5º. Se for necessário entregar uma mensagem com extrema urgência, o homem-montanha será obrigado a carregar, em seu bolso, o mensageiro e seu cavalo em uma viagem de seis dias, uma vez em cada lua, trazendo de volta o mensageiro (se isso for solicitado) em segurança a nossa presença imperial.

Art. 6º. Ele deverá ser nosso aliado na luta contra nossos inimigos da Ilha de Blefuscu, e não medirá esforços para destruir a frota deles, que agora está se preparando para nos invadir.

Art. 7º. Que o referido homem-montanha deverá, em seus momentos de lazer, ajudar nossos trabalhadores a levantar certas pedras grandes para consertar o muro de nosso parque principal, bem como de outros prédios reais.

Art. 8º. Que o referido homem-montanha entregará, no prazo de duas luas, um levantamento preciso da circunferência de nossos domínios, por meio do cômputo de seus passos ao longo de toda a costa.

Por último, que, sob o juramento solene de cumprir todos os artigos acima, o referido homem-montanha receberá uma provisão diária de comida e bebida suficiente para o sustento de 1.724 de nossos súditos, com livre acesso à nossa pessoa real e a outros privilégios por nós concedidos. Promulgados em nosso palácio em Belfaborac, no décimo segundo dia da nonagésima primeira lua de nosso reinado."

Jurei e assinei tais artigos com grande alegria e satisfação, embora alguns deles não fossem tão respeitosos quanto eu desejava; os quais são totalmente devidos à malícia de Skyresh Bolgolam, o alto-almirante: logo em seguida, minhas correntes foram retiradas e fiquei inteiramente livre. O próprio imperador, em pessoa, concedeu-me a honra de estar presente durante toda a cerimônia. Fiz meus agradecimentos prostrando-me aos pés de Sua Majestade; todavia ele ordenou que eu me levantasse; e depois de muitas manifestações de apreço, que, para evitar a crítica da vaidade, não repetirei aqui, e acrescentou que esperava que eu provasse ser um servidor útil e merecesse todos os privilégios que ele já havia conferido a mim ou poderia conceder-me no futuro.

O leitor pode ter observado que, no último artigo para a concessão de minha liberdade, o imperador estipula uma quantidade de comida e bebida suficiente para o sustento de 1.724 liliputianos. Algum tempo depois, perguntando a um amigo na corte como eles haviam chegado a esse determinado número, ele me disse que os matemáticos de Sua Majestade, ao tomarem a altura do meu corpo com a ajuda de um quadrante e descobrirem que excedia a deles na proporção de doze para um, concluíram bom base na semelhança com seus corpos, que o meu deveria conter pelo menos 1.724 dos deles, e, consequentemente, exigiria tanta comida quanto era necessária para sustentar esse número de liliputianos. Isso dará ao leitor uma ideia da engenhosidade desse povo, bem como da economia prudente e exata de um príncipe tão excepcional.

BREVIERE ET HEBERT SC

CAPÍTULO IV

Descrição de Mildendo, a
metrópole de Lilipute, e
do palácio do imperador.
Conversa entre o autor e um
alto secretário a respeito dos
assuntos desse império.
O autor se oferece para servir
o imperador em suas guerras.

O primeiro pedido que fiz, depois de ter obtido minha liberdade, foi que pudesse ter licença para ver Mildendo, a metrópole; o que o imperador facilmente me concedeu, porém com uma ressalva de que não deveria causar mal aos habitantes ou à casa deles. O povo foi avisado, por meio de uma proclamação, de minha intenção de visitar a cidade. O muro que a cerca tem 76 centímetros de altura e pelo menos 27 centímetros de largura, de modo que uma carruagem e seus cavalos podem ser conduzidos com muita segurança em torno dela; e é flanqueado por fortes torres distantes três metros uma da outra. Atravessei o grande portão ocidental e passei com muita calma, e de lado, pelas duas ruas principais, vestindo apenas meu colete curto, para não me arriscar a danificar os telhados e as calhas das casas com a ponta do meu casaco. Eu caminhava com a máxima prudência, para evitar pisar em qualquer pedestre que pudesse estar nas ruas, embora as ordens tivessem sido muito rigorosas, de que todas as pessoas deveriam permanecer em casa, sob risco de morte. As janelas dos sótãos e o topo das casas estavam tão lotados de espectadores, que pensei não ter visto um lugar mais populoso em todas as minhas viagens. A cidade é um quadrado exato e cada lado do muro tem 150 metros de comprimento. As duas grandes avenidas, que a atravessam e a dividem em quatro partes têm 1,5 metro de largura. As travessas e os becos, onde eu não podia entrar, mas apenas vê-los ao passar, medem entre 30 e 45 centímetros. A cidade tem capacidade para abrigar 500 mil almas: as casas têm de três a cinco andares; e as lojas e os mercados são bem abastecidos.

 O palácio do imperador fica no centro da cidade, onde as duas grandes avenidas se cruzam. É cercado por um muro de 60 centímetros de altura e está a uma distância de seis metros dos prédios. Recebi permissão de Sua Majestade para passar por cima desse muro; e, sendo o espaço tão amplo entre o muro e o palácio, pude facilmente vê-lo de todos os lados. O pátio externo é um quadrado de 12 metros e inclui outros dois pátios: no mais interno estão os aposentos reais, que eu desejava muito ver, mas achei extremamente difícil, pois os grandes portões, de um pátio a outro, tinham apenas 45 centímetros de altura, e 17 de largura. Os prédios do pátio externo tinham pelo menos 1,5 metro de altura, e era impossível para mim passar por cima deles sem causar danos infinitos às estruturas, embora as paredes fossem fortemente construídas de pedra talhada e tivessem 10 centímetros de espessura. Ao mesmo tempo, o imperador desejava muito que eu visse a magnificência de seu palácio; mas isso não fui capaz de fazer até três dias depois, os quais passei cortando com minha faca algumas das maiores árvores do parque real, a cerca de 90 metros de distância da cidade. Com essas árvores fiz dois bancos, cada um com quase um metro de altura, e fortes o suficiente para suportarem meu peso. Depois de as pessoas receberem o aviso uma segunda vez, entrei novamente na cidade com meus dois bancos nas mãos. Quando cheguei ao lado do pátio externo, subi um dos bancos e peguei o outro com a mão; este passei sobre o telhado, e gentilmente o coloquei no espaço entre o primeiro e o segundo pátios, que tinha 2 metros de largura. Passei, então, por cima do prédio com facilidade, de um banco para o outro, e alcancei o primeiro usando um bastão em forma de gancho. Graças a esse artifício, entrei no pátio mais interno e, deitando-me de lado, aproximei o rosto das janelas do segundo andar, que foram deixadas abertas de propósito, e vi os mais esplêndidos cômodos que podem ser imaginados. Lá vi a imperatriz e os jovens príncipes, em seus vários quartos, com seus principais serviçais ao redor deles. Sua Majestade imperial concedeu-me a honra de um sorriso, e pela janela estendeu a mão para que eu a beijasse.

No entanto, não vou antecipar ao leitor mais descrições desse tipo, porque as reservei para uma obra maior, que está quase pronta para ser impressa; contendo uma descrição geral desse império, desde a sua fundação, passando por uma longa série de príncipes, com um relato minucioso de suas guerras e sua política, leis, conhecimento e religião; suas plantas e animais; suas maneiras e costumes peculiares, além de outros assuntos muito curiosos e úteis; meu principal objetivo no momento é apenas relatar tais eventos e transações como aconteceram ao público ou a mim mesmo durante um período de cerca de nove meses em que residi naquele império.

Certa manhã, cerca de quinze dias depois de eu ter obtido minha liberdade, Reldresal, primeiro-secretário (como é seu título) de assuntos privados, veio a minha casa acompanhado de apenas um criado. Ordenou que sua carruagem o esperasse a certa distância e pediu que eu lhe concedesse uma audiência de uma hora; no que prontamente eu o atendi, por conta de seu caráter e méritos pessoais, bem como dos muitos bons ofícios que ele havia me dispensado durante minhas petições à corte. Oferecei-me para deitar, a fim de que ele se aproximasse do meu ouvido com mais facilidade, mas ele preferiu que eu o segurasse na mão durante nossa conversa. Primeiro, ele começou parabenizando a conquista da minha liberdade, dizendo que poderia fingir ter algum mérito nisso; no entanto, acrescentou que, se não fosse pela situação atual da corte, talvez eu não a tivesse obtido tão cedo. Pois, disse ele, por mais próspera a condição em que parecemos estar aos olhos dos forasteiros, estamos muito aflitos com dois males poderosos: um conflito violento interno e o perigo de uma invasão, por parte de um poderosíssimo inimigo estrangeiro. Quanto ao primeiro, você deve entender, que, há cerca de setenta luas, dois grupos estão lutando neste império, sob os nomes de *Tramecksan* e *Slamecksan*, que fazem alusão aos saltos altos e baixos de seus sapatos, pelos quais eles se distinguem. Alega-se, de fato, que os Saltos Altos são os que estão mais de acordo com nossa antiga Constituição; mas, seja como for, Sua Majestade determinou que se usem apenas saltos baixos na administração do governo, e em todos os cargos subordinados à coroa, como você pode observar; e, em particular, que os saltos imperiais de Sua Majestade são pelo menos um *drurr* mais baixos do que o de qualquer um de sua corte (*drurr* é a medida que equivale à décima quarta parte de um centímetro). As animosidades entre esses dois grupos são tão grandes, que eles não comem, nem bebem, nem falam uns com os outros. Conforme nossos cálculos, os *Tramecksan*, ou Saltos Altos, nos excedem em número; mas o poder está totalmente do nosso lado. Tememos que Sua Alteza imperial, o herdeiro da coroa, tenha certa tendência aos Saltos Altos, ou pelo menos percebemos que um de seus saltos é mais alto do que o outro, o que o faz mancar quando anda. E agora, em meio a essas perturbações intestinas, somos ameaçados por uma invasão da Ilha de Blefuscu, que é o outro grande império do universo, quase tão grande e poderoso quanto o de Sua Majestade. Pois, quanto ao que ouvimos você afirmar, sobre a existência de outros reinos e Estados no mundo, habitados por criaturas humanas tão grandes quanto você, nossos filósofos estão em dúvida, e preferem presumir que você caiu da Lua, ou de uma das estrelas; porque é certo que cem mortais do seu tamanho destruiriam em pouco tempo todas as frutas e o gado dos domínios de Sua Majestade: além disso, nossa história de seis mil Luas não faz menção a nenhuma outra região além dos dois grandes impérios de Lilipute e Blefuscu. E essas duas grandes potências, como eu ia lhe dizer, estão empenhadas na mais obstinada guerra há mais de trinta e seis Luas. Tudo começou com a seguinte ocasião. Todos sabem que o modo primitivo de quebrar ovos antes de comê-los era fazê-lo pela extremidade maior, no entanto, o avô de Nosso Atual Imperador, quando era um menino, foi comer um ovo e, ao quebrá-lo, de acordo com a antiga prática, cortou um dedo. Por isso, o imperador, seu pai, promulgou um decreto obrigando todos os seus súditos, sujeitos a grandes penalidades, a quebrarem o ovo pela menor extremidade. O povo reagiu de tal modo a essa lei que, conforme nos contam nossas crônicas, ocorreram seis rebeliões por esse motivo; em uma delas um imperador perdeu a vida e, em outra, a Coroa. Essas comoções civis foram constantemente fomentadas pelos monarcas de Blefuscu; e, quando eram reprimidas, os exilados sempre buscavam refúgio naquele império. Calcula-se que 11 mil pessoas, em diferentes momentos, preferiram a morte a se submeter a quebrar os ovos pela extremidade menor. Centenas de grandes volumes já foram publicados sobre essa controvérsia: entretanto, os livros dos extremistas há muito tempo foram proibidos e seus adeptos são impedidos por lei de ocupar cargos. Durante esses conflitos, os imperadores de Blefuscu com frequência, por meio de seus embaixadores, acusam-nos de criar uma cisma na religião, ofendendo uma doutrina fundamental de nosso grande profeta Lustrog, no capítulo cinquenta e quatro do Blundecral (que é o Alcorão deles). Tal acusação, no entanto, é considerada uma mera distorção do texto; pois as palavras são estas: "Que todos os verdadeiros fiéis quebrem seus ovos pela extremidade conveniente". E a questão de qual a extremidade é conveniente, parece, na minha humilde opinião, ser deixada à consciência de cada homem, ou pelo menos para ser determinada pelo poder do magistrado principal. Agora, os exilados extremistas têm sido tão bem recebidos pela corte do imperador de Blefuscu e têm tanto apoio e encorajamento daqueles de seu grupo aqui, que uma guerra sangrenta tem se arrastado entre os dois impérios há trinta e seis Luas, com resultados variados; durante esse período, perdemos quarenta navios de guerra de grande porte e um número muito maior de embarcações menores, além de 30 mil de nossos melhores marinheiros e soldados; os danos infligidos aos inimigos, pelo que se calcula, foram um pouco maiores do que os nossos. Porém, eles acabam de guarnecer uma frota numerosa e preparam-se para nos atacar; e Sua Majestade imperial, depositando grande confiança em seu valor e força, encarregou-me de lhe transmitir esse relato da situação.

    Pedi ao secretário que apresentasse minhas humildes manifestações de obediência ao imperador e lhe dissesse que, ainda que a mim parecesse inadequado um forasteiro como eu me intrometer em assuntos políticos, eu estava disposto a arriscar minha vida para defender Sua pessoa e seu Estado contra todos os invasores.

CAPÍTULO V

O autor relata o extraordinário estratagema pelo qual impede uma invasão. Um elevado título de honra lhe é conferido. Embaixadores do imperador de Blefuscu vêm para negociar a paz. Os aposentos da imperatriz pegam fogo por acidente; o autor ajuda a salvar o resto do palácio.

O império de Blefuscu é uma ilha situada a nordeste de Lilipute, da qual é separada apenas por um canal de 730 metros de largura. Eu ainda não o tinha visto, e ao ser informado de uma possível invasão, evitei aparecer daquele lado da costa, com medo de ser descoberto pelos navios do inimigo, que não tinham recebido nenhuma notícia sobre mim; toda e qualquer comunicação entre os dois impérios havia sido estritamente proibida durante a guerra, sob pena de morte, e um embargo fora imposto pelo nosso imperador a todos os navios de qualquer espécie. Comuniquei a Sua Majestade um projeto que havia concebido para confiscar toda a frota do inimigo; a qual, segundo nossos batedores nos asseguraram, estava ancorada no Porto, prestes a partir ao primeiro vento favorável. Consultei os mais experientes marinheiros a respeito da profundidade do canal, o qual eles haviam medido várias vezes, e me disseram que, na parte mais profunda e na maré alta, chegava a 70 *glumgluffs* de profundidade, o que equivale a quase 2 metros na medida europeia; o resto chegava a no máximo 50 *glumgluffs*. Caminhei em direção à costa nordeste e a Blefuscu, onde deitei atrás de um outeiro, tirei da algibeira minha pequena luneta e examinei a frota inimiga ancorada, a qual consistia em cerca de 50 navios de guerra e um grande número de barcos de transporte: em seguida, voltei para minha casa e dei ordens (para as quais eu havia recebido permissão) para que uma grande quantidade da corda mais forte e de barras de ferro me fossem entregues. A corda tinha mais ou menos a espessura de um barbante e as barras eram do comprimento e tamanho de uma agulha de tricô. Trancei a corda para triplicar sua espessura e torná-la mais forte e pela mesma razão torci três barras de ferro juntas, formando um gancho em uma das extremidades. Tendo assim fixado 50 ganchos na mesma quantidade de cordas, voltei para a costa nordeste e, despindo a jaqueta, os sapatos e as meias, entrei no mar, trajando meu gibão de couro, cerca de meia hora antes da maré alta. Avancei pela água o mais rápido que pude e nadei no meio do canal por cerca de vinte e sete metros, até sentir que dava pé. Cheguei à frota em menos de meia hora. Os inimigos ficaram tão assustados quando me viram que saltaram de seus navios e voltaram a nado até a costa, onde não poderia haver menos de 30 mil almas. Em seguida, prendi um gancho em um furo na proa de cada um dos navios e amarrei todas as cordas juntas nas outras pontas. Enquanto fazia isso, o inimigo lançou milhares de flechas em minha direção, muitas das quais me atingiram nas mãos e no rosto, e, além da ardência excessiva, elas dificultaram em muito meu trabalho. Meu maior temor era que me atingissem nos olhos, me cegando de modo irreversível, momento em que de repente me ocorreu um artifício. Guardei, entre outros pequenos utensílios, um par de óculos em um bolso secreto, que, como já mencionei, passou despercebido pelos homens encarregados da busca pelo imperador. Peguei os óculos e os prendi o mais forte que pude ao nariz, e assim protegido, continuei corajosamente a trabalhar, apesar das flechas do inimigo, muitas das quais atingiram as lentes de meus óculos, mas sem nenhum outro efeito além de entortá-las um pouco. Eu tinha agora terminado de afixar todos os ganchos, e, segurando o nó, comecei a puxar; entretanto, nenhum navio se moveu, pois estavam todos muito bem presos por suas âncoras, de modo que ainda restava a parte mais ousada de minha tarefa. Soltei, portanto, a corda e, deixando os ganchos presos nos navios, cortei com minha faca todos os cabos que prendiam as âncoras, recebendo mais de duzentas flechadas no rosto e nas mãos; em seguida, peguei o nó das cordas, ao qual meus ganchos estavam afixados, e com muita facilidade fui puxando 50 dos maiores navios de guerra do inimigo.

Os Blefuscudianos, que não tinham a menor noção do que eu pretendia, de início ficaram confusos e espantados. Eles tinham me visto cortar os cabos e pensaram que eu pretendia apenas deixar os navios à deriva ou a esbarrarem uns nos outros: todavia, quando viram que toda a frota se movia em ordem e estava sendo puxada por mim, soltaram tamanho grito de sofrimento e desespero que seria quase impossível descrevê-lo ou concebê-lo aqui. Quando eu já estava fora de perigo, parei por um momento para arrancar as flechas presas nas minhas mãos e no rosto; e untei-me com um pouco do mesmo unguento que haviam me dado quando cheguei, como já mencionei. Em seguida, tirei os óculos e, esperando cerca de uma hora até que a maré baixasse um pouco, atravessei até o meio com minha carga, chegando são e salvo no porto real de Lilipute.

O imperador e toda a sua corte aguardavam na costa, à espera do resultado dessa grande aventura. Viram os navios avançarem em uma grande meia-lua, entretanto não podiam me ver, pois eu estava afundado na água até o peito. Quando cheguei ao meio do canal, ficaram ainda mais apreensivos, porque eu estava com água até o pescoço. O imperador concluiu que eu havia me afogado, e que a frota do inimigo estava se aproximando de maneira hostil: no entanto, em pouco tempo eu já estava tão próximo que podiam ouvir minha voz, e segurando a extremidade da corda, na qual eu havia prendido a frota eu disse em voz alta: "Viva o poderosíssimo imperador de Lilipute!" Esse grande príncipe me recebeu no desembarque com todos os louvores possíveis, e ali mesmo me nomeou *nardac*, sendo esse o mais alto título honorífico do país.

Sua Majestade expressou o desejo de que em outra oportunidade eu trouxesse todo os demais navios de seu inimigo para seus portos. E é tão desmesurada a ambição dos príncipes, que ele não pensava em mais nada a não ser em reduzir todo o Império de Blefuscu a uma província, passando a governá-lo, por intermédio de um vice-rei; em destruir os exilados extremistas, em obrigar as pessoas a quebrar os ovos na extremidade menor, e com isso tornar-se o único monarca de todo o mundo. Porém, eu me esforcei para dissuadi-lo desse projeto, recorrendo a muitos argumentos extraídos dos temas da política, bem como da Justiça; e protestei de modo claro, dizendo que nunca seria instrumento para escravizar um povo livre e corajoso. E, quando o assunto foi discutido em conselho, os membros mais sábios do ministério concordaram com minha opinião.

Tal declaração minha, franca e ousada, era tão oposta aos planos e políticas de Sua Majestade imperial, que nunca fui perdoado. Ele mencionou isso de forma muito astuta no Conselho, onde me disseram que alguns dos mais sábios pareciam, pelo menos por terem permanecido em silêncio, ser da minha opinião; entretanto, outros, que eram meus inimigos secretos, não puderam conter algumas opiniões que, indiretamente, me atingiram. A partir desse episódio teve início uma intriga entre Sua Majestade e um conjunto de ministros, maliciosamente inclinados contra mim, que eclodiu em menos de dois meses e, provavelmente, causaria minha destruição total. Desse modo pesam muito pouco os maiores serviços prestados aos príncipes, quando colocados na balança em contraposição à recusa em satisfazer seus desejos.

Cerca de três semanas depois dessa façanha, chegou um solene grupo da embaixada de Blefuscu, com humildes ofertas de paz, que logo foram concluídas, em condições muito vantajosas para o nosso imperador, de cujos detalhes pouparei o leitor. Havia seis embaixadores, com uma comitiva de cerca de 500 pessoas, e sua entrada foi magnífica, à altura da grandiosidade de seu imperador e da importância de sua missão. Quando o tratado foi concluído, em relação ao qual fiz vários bons ofícios, devido ao bom crédito de que agora eu desfrutava, ou ao menos era o que parecida ser, na corte, Suas Excelências, que foram informadas em particular do quanto eu lhes tinha sido favorável, fizeram-me uma visita formal. De início, foram muitos os elogios ao meu valor e generosidade, convidaram-me em nome do imperador, seu mestre, a visitar aquele reino e pediram-me que eu lhes desse algumas provas da minha força descomunal, da qual tinham ouvido tantas maravilhas; prontamente os atendi, no entanto não incomodarei o leitor com os detalhes.

Depois de entreter por algum tempo Suas Excelências, para sua infinita satisfação e surpresa, pedi-lhes que me fizessem a honra de apresentar meu mais humilde respeito ao imperador seu mestre, cujas virtudes haviam enchido o mundo inteiro de justa admiração, e cuja pessoa real eu gostaria de conhecer antes de regressar a meu país. Sendo assim, na primeira oportunidade em que tive a honra de voltar a falar com nosso imperador, pedi sua licença para visitar o monarca de Blefuscu, o que me foi concedido, como pude perceber, de modo muito frio; a razão, só pude compreendê-la quando me confidenciaram que Flimnap e Bolgolam haviam classificado minha conversa com esses embaixadores como um sinal de descontentamento; coisa da qual tenho certeza de que meu coração estava totalmente livre. E essa foi a primeira vez que comecei a conceber uma ideia, mesmo que imperfeita, das cortes e dos ministros.

Deve-se observar que esses embaixadores falavam comigo por intermédio de um intérprete, já que as línguas de ambos os impérios são muito diferentes uma da outra quanto quaisquer outras duas línguas na Europa, e cada nação orgulha-se da antiguidade, beleza e energia da própria língua, expressando um desprezo declarado pelo idioma de seus vizinhos; no entanto, nosso imperador, valendo-se da vantagem resultante da posse da frota inimiga, obrigou os embaixadores a apresentarem suas credenciais e a fazerem seu discurso no idioma liliputiano. E é preciso confessar que, devido ao grande comércio entre os dois reinos, à constante recepção de exilados, que é mútua entre eles, e do costume, em cada império, de enviar seus jovens nobres e fidalgos a morar por algum tempo na outra pátria, a fim de refinarem suas maneiras, instrui-los sobre o mundo e fazê-los compreender os homens e seus costumes, há poucas pessoas distintas, ou comerciantes, ou marinheiros, que moram nas regiões costeiras, que não sejam capazes de manter uma conversa em ambas as línguas; como descobri algumas semanas depois, quando fui prestar meus respeitos ao imperador de Blefuscu, que, em meio a grandes infortúnios, por conta da malícia de meus inimigos, terminou por ser uma aventura muito feliz para mim, como relatarei no devido tempo.

O leitor talvez se lembre de que, quando assinei os artigos que me propiciaram recuperar minha liberdade, havia alguns itens que me desgostaram, por serem muito servis; e que nada além de uma necessidade extrema poderia ter me forçado a aceitá-los. Entretanto, sendo agora um *nardac* do mais alto grau naquele império, tais encargos eram vistos como abaixo da minha dignidade, e o imperador (para fazer-lhe justiça) nunca os mencionou a mim. No entanto, não demorou muito para que eu tivesse a oportunidade de prestar à Sua Majestade, ou pelo menos era o que eu pensava, um serviço mais notável. Em certa noite, fui acordado pelos gritos de centenas de pessoas à minha porta; por ter sido assim subitamente despertado, fiquei de certa forma aterrorizado. Ouvi a palavra *Burglum* ser repetida sem parar: vários membros da corte do imperador, atravessando a multidão, me imploraram para ir imediatamente ao palácio, onde os aposentos da imperatriz estavam pegando fogo, devido ao descuido de uma dama de honra, que adormeceu enquanto lia um romance. Levantei-me num instante, e tendo sido dada a ordem para que o caminho fosse aberto diante de mim, e sendo também uma noite de luar, consegui chegar até o palácio sem tropeçar em nenhuma das pessoas. Percebi que eles já haviam apoiado escadas de mão nas paredes dos aposentos e estavam bem providos de baldes, porém a água estava a alguma distância do local. Esses baldes eram do tamanho de grandes dedais, e aquelas pobres pessoas me abasteciam com eles o mais rápido que podiam; porém o fogo era tão violento que pouca diferença fazia. Eu poderia facilmente tê-lo abafado com meu casaco, que infelizmente deixei para trás com a pressa, saindo apenas com meu gibão de couro. A situação toda parecia desesperadora e deplorável; e esse palácio magnífico teria queimado por inteiro se, por uma presença de espírito que me era incomum, eu não tivesse pensado de repente em uma solução. Na noite anterior, eu tinha bebido em abundância um delicioso vinho chamado *glimigrim* (os Blefuscudianos o chamam de *flunec*, mas o nosso é considerado o melhor), que é muito diurético. Por um acaso muito feliz, eu não tinha me aliviado de nenhuma parte dele. O calor que contraí por chegar muito perto das chamas, e o trabalho que tive para tentar apagá-las, fez o vinho começar a produzir urina; que liberei em tal quantidade, aplicando-a bem aos lugares apropriados, que, em três minutos, o fogo foi totalmente extinto, e o resto daquele nobre edifício, que custou tantas eras para ser erguido, foi preservado da destruição.

Agora já era dia, e voltei para minha casa sem esperar para ser parabenizado pelo imperador: porque, embora eu tivesse feito um serviço muito distinto, ainda assim não sabia dizer se Sua Majestade se ressentiria pela forma como eu o tinha realizado: pois, pelas leis fundamentais do reino, é um crime capital que pune qualquer pessoa, não importa sua posição, urinar nos recintos do palácio. Entretanto, fui confortado por uma mensagem de Sua Majestade no sentido de que ele daria ordens ao grande tribunal para que fosse aprovado o meu perdão de qualquer forma, o qual, no entanto, não pude obter; e me garantiram, em particular, que a imperatriz, enojada pelo que eu tinha feito, retirou-se para o lado mais distante da corte, decidindo de modo irrevogável que aqueles aposentos nunca deveriam ser reparados para Seu uso: e, na presença de seus principais confidentes não pôde deixar de jurar vingança.

CAPÍTULO VI

Dos habitantes de Lilipute; seu saber, suas leis e seus costumes; sua maneira de educar seus filhos. O modo de viver do autor naquele país. Sua defesa de uma grande dama.

Embora eu pretenda deixar a descrição deste império para um tratado em particular, ainda assim, nesse meio-tempo, fico contente em satisfazer o leitor curioso com algumas ideias gerais. Como o tamanho comum dos nativos é em torno de 15 centímetros de altura, observa-se uma proporção exata em todos os outros animais, bem como nas plantas e nas árvores: por exemplo, os cavalos e os bois mais altos têm entre 10 e 12 centímetros de altura, as ovelhas quase 4 centímetros, mais ou menos: os gansos têm quase o mesmo tamanho de um pardal, e assim seguem as várias gradações até chegar aos menores, os quais, à minha vista, eram quase invisíveis; entretanto, a natureza adaptou os olhos dos liliputianos a todos os objetos adequados à sua visão: assim, enxergam com muita exatidão, mas não a uma grande distância. E, para comprovar a precisão de sua visão em relação aos objetos próximos, fiquei muito encantado em observar um cozinheiro depenando uma cotovia, a qual não era maior do que uma mosca comum; e uma jovem enfiando uma linha de seda invisível em uma agulha invisível. As árvores mais altas têm pouco mais de 2 metros de altura: refiro-me a algumas que estão no grande parque real, cujas copas eu podia alcançar com o punho cerrado. Os outros vegetais mantêm a mesma proporção; todavia, isso deixo para a imaginação do leitor.

Por enquanto, direi pouco sobre o saber dos liliputianos, que, por muitas eras, tem florescido em todos os ramos: entretanto, sua forma de escrever é muito peculiar, não sendo nem da esquerda para a direita, como o dos europeus, nem da direita para a esquerda, como dos árabes, muito menos de cima para baixo, como o dos chineses, mas em diagonal, de um canto ao outro do papel, como fazem nossas damas na Inglaterra.

Eles enterram seus mortos com a cabeça virada para baixo, porque acreditam que, em onze mil Luas, todos eles irão ressuscitar; nesse período, a Terra (que eles acreditam ser plana) vai virar de cabeça para baixo, e assim, na ressurreição, eles serão encontrados de pé. Os eruditos entre eles reconhecem o absurdo dessa doutrina, mas a prática ainda se mantém, em conformidade com o vulgar.

Nesse império há algumas leis e costumes muito peculiares; e, se não fossem tão diretamente contrários às do meu querido país, eu ficaria um pouco tentado a justificá-los. Uma pena que não sejam postos em prática. O primeiro que mencionarei diz respeito aos delatores. Todos os crimes contra o Estado são punidos aqui com a maior severidade; entretanto, se o acusado provar sua inocência de modo claro no julgamento, o acusador é imediatamente executado de modo mais vergonhoso; e dos seus bens ou terras provém a recompensa quadruplicada do inocente, pelo tempo perdido, pelo perigo que correu, pelo sofrimento causado por sua prisão e por todas as despesas que teve para se defender; ou, se esse fundo não for suficiente, ele é prodigamente compensado pela coroa. O imperador também lhe confere alguma distinção pública a seu favor, e sua inocência é proclamada por toda a cidade.

Eles consideram a fraude um crime pior do que o roubo e, portanto, raramente deixam de puni-la com a morte; pois alegam que o cuidado e a vigilância, com um entendimento muito comum, podem proteger os bens de um homem dos ladrões, mas a honestidade não tem defesa contra a sagacidade superior; e, uma vez que é necessário que haja uma relação perpétua de compra e venda, e transações baseadas em crédito, nas quais a fraude é permitida e tolerada, ou nas quais não se têm lei para puni-la, o comerciante honesto é sempre prejudicado, e o velhaco obtém vantagem. Lembro-me de que uma vez eu intercedia junto ao imperador por um criminoso que havia roubado de seu mestre uma grande soma de dinheiro, que ele havia recebido em seu nome e a havia embolsado; e tendo eu dito à sua Majestade, como justificativa, que era apenas uma quebra de confiança, o imperador julgou monstruoso de minha parte propor como defesa o maior agravante do crime; e realmente eu não tinha nada a dizer em resposta, além de que as diferentes nações tinham cada uma costumes distintos; pois, confesso, eu estava muito envergonhado.

Embora geralmente chamemos de recompensa e punição os dois eixos nos quais todo governo se movimenta, ainda assim nunca pude observar essa máxima ser posta em prática em qualquer nação, exceto em Lilipute. Todo aquele que tiver provas suficientes de que cumpriu estritamente as leis de seu país por setenta e três Luas, tem direito a certos privilégios, de acordo com sua posição ou condição de vida, com uma soma proporcional de dinheiro de um fundo dedicado a tal fim: a ele é concedido o título de *snilpall*, isto é, Legal, título esse que é adicionado a seu nome, mas que não pode transferir a seus descendentes. E essas pessoas consideraram um defeito enorme de nossa política, quando eu lhes disse que nossas leis eram aplicadas apenas por penalidades, sem qualquer menção de recompensa. É por tal razão que a imagem da Justiça, nos tribunais de lá, é formada com seis olhos, dois na frente, dois atrás e um de cada lado, para representar a circunspecção; e com uma bolsa de ouro na mão direita, e uma espada embainhada na esquerda, significando que ela está mais disposta a recompensar do que a punir.

Ao escolher pessoas para ocupar todos os cargos, eles têm mais consideração pela boa moral do que pelas grandes habilidades; pois, sendo o governo algo necessário para a humanidade, acreditam que o tamanho normal da compreensão humana é adequado para esta ou aquela ocupação; e que a Providência nunca pretendeu tornar a gestão dos assuntos públicos um mistério a ser compreendido apenas por uns poucos dotados, das quais raramente nascem três em uma mesma época: entretanto, eles acreditam que a verdade, a justiça, a temperança e outras qualidades estão ao alcance de todo homem; a prática dessas virtudes, auxiliada pela experiência e pelas boas intenções, qualificariam qualquer homem para o serviço de seu país, exceto naqueles que estudos específicos são exigidos. Julgavam, porém, que a falta de virtudes morais de nenhuma forma poderia ser compensada por capacidades superiores da mente, assim como que pessoas muito qualificadas nunca poderiam ocupar certos cargos; e que, pelo menos, os erros cometidos pela ignorância, com inclinação virtuosa, nunca teriam consequências tão fatais para o bem público como as práticas de um homem cujas inclinações fossem corruptas e que fosse dotado de grandes habilidades para administrar, multiplicar e defender suas corrupções.

Da mesma forma, a descrença em uma Providência Divina torna um homem incapaz de manter qualquer cargo público; pois, uma vez que os reis se declaram deputados da Providência, os liliputianos julgam que nada pode ser mais absurdo do que um príncipe que emprega homens que não reconhecem a autoridade sob a qual ele age.

Ao relatar essas leis e as que se seguem, só me refiro às instituições originais, e não às mais escandalosas corrupções nas quais essas pessoas foram levadas pela natureza degenerada do homem. Pois, quanto à prática infame de adquirir cargos elevados dançando em corda bamba, e a de obter medalhas de mérito e distinção pulando sobre varas e rastejando por baixo delas, o leitor deve observar que foram criadas pelo avô do imperador que agora reina, e ganharam relevância à medida que gradualmente foram crescendo os partidos e as facções.

A ingratidão é, para eles, um crime capital, como sabemos pela leitura dos livros ter sido também em outros países: porque julgam que, quem faz mal a seu benfeitor, deve ser um inimigo comum do resto da humanidade, da qual não recebeu nenhum ônus e, portanto, tal homem não merece viver.

As noções dos liliputianos relativas aos deveres de pais e filhos são extremamente diferentes das nossas. Pois, uma vez que a conjunção de macho e fêmea é fundada na grande lei da natureza, a fim de propagar e continuar a espécie, os liliputianos acreditam que homens e mulheres se unem, como outros animais, motivados pela concupiscência; e que a ternura que expressam a seus filhos provém de um princípio natural semelhante: por isso, julgam que o filho não tem nenhuma obrigação para com seu pai por ter sido gerado, nem para com sua mãe por ela tê-lo trazido ao mundo; o que, considerando as misérias da existência humana, não foi um benefício em si, nem uma pretensão de seus pais, cujos pensamentos, em seus encontros amorosos, estavam em outra direção. Com base nesses e em outros raciocínios semelhantes, a opinião dos liliputianos é de que os pais são as últimas pessoas a quem se deve confiar a educação dos próprios filhos; e, portanto, eles têm, em todas as cidades, escolas públicas, para onde todos os pais, exceto os camponeses e os trabalhadores, são obrigados a enviar seus filhos de ambos os sexos para serem criados e educados ao atingirem a idade de vinte Luas, momento em que se supõe que já tenham desenvolvido alguma disposição para o aprendizado. Essas escolas são de vários tipos, adequadas a diferentes qualidades e a ambos os sexos. Nessas, há professores bem qualificados para preparar os filhos para uma condição de vida adequada à posição de seus pais e às próprias capacidades, bem como a suas inclinações. Primeiro vou falar sobre as escolas masculinas e depois sobre as femininas.

As escolas para rapazes de berço nobre ou distinto têm professores sérios e instruídos, com vários assistentes. As roupas e a alimentação das crianças são simples e despojadas. A todos se ministram os princípios da honra, da Justiça, da coragem, da modéstia, da clemência, da religião e do amor à pátria; eles estão sempre ocupados com alguma atividade, exceto nos períodos de comer e dormir, que são muito curtos, e duas horas para diversões que consistem em exercícios corporais. São vestidos por homens até os 4 anos de idade, a partir dos quais são obrigados a se vestirem sozinhos, apesar de sua elevada posição social; e as criadas, que têm idade proporcional às nossas mulheres de 50 anos, fazem apenas as tarefas mais servis. Aos rapazes não se permite conversar com os criados, todavia andam juntos, em grupos pequenos ou grandes, quando vão se divertir, sempre na presença de um professor ou de um de seus assistentes; assim evitam-se naquelas primeiras as más impressões de tolice e vício a que nossos filhos estão sujeitos. Os pais só podem vê-los duas vezes por ano; a visita dura apenas uma hora; eles podem beijar seus filhos ao chegarem e ao partirem; porém um professor, que sempre os acompanha nessas ocasiões, não lhes permitirá cochichar, nem usar expressões de carinho, nem dar-lhes de presente brinquedos, doces e similares.

A pensão que cada família dá para a educação e o entretenimento de um filho, quando não é paga, é cobrada pelos servidores do imperador.

As escolas para filhos de cavalheiros comuns, comerciantes, mercadores e artesãos são administradas da mesma maneira, guardadas as devidas proporções; porém, aqueles destinados aos negócios se tornam aprendizes aos 11 anos de idade, ao passo que aqueles de berço continuam nas escolas até os 15 anos, o que corresponde a 21 dos nossos anos: no entanto, o confinamento diminui gradualmente nos últimos três anos.

Nas escolas femininas, as moças de berço são educadas como os meninos, com a diferença de que são vestidas por criadas do próprio sexo; porém, sempre na presença de uma professora ou assistente, até que passem a se vestir sozinhas, o que ocorre aos 5 anos de idade. E, caso se descubra que essas amas se atreveram a entreter as meninas com histórias assustadoras ou tolas, ou com as bobagens comuns praticadas por nossas criadas de quarto, elas são chicoteadas em público três vezes, em diferentes locais da cidade, presas por um ano e banidas para sempre para a região mais desolada do país. Assim, as moças têm vergonha de ser covardes e tolas como os homens, e desprezam todos os ornamentos pessoais que ultrapassam a decência e a limpeza: não percebi nenhuma diferença na educação delas em razão do sexo, apenas que os exercícios das meninas não eram tão cansativos; e que algumas regras sobre a vida doméstica lhes foram ensinadas, e um menor âmbito de aprendizado lhes era imposto: pois sua máxima é que, entre as pessoas de berço, a esposa deve ser sempre uma companheira razoável e agradável, pois não pode se manter jovem para sempre. Quando as meninas completam 12 anos, que entre os liliputianos é a idade em que se pode casar, seus pais ou responsáveis as levam para casa, com grandes expressões de gratidão aos professores, e muitas lágrimas da jovem e de suas companheiras.

Nas escolas femininas das famílias mais humildes, as crianças aprendem todos os tipos de trabalhos apropriados a seu sexo e a seu status: aquelas destinadas a se tornar aprendizes são dispensadas aos 9 anos de idade, as demais são mantidas até os 13.

As famílias mais pobres que têm filhas nessas escolas são obrigadas, além da pensão anual, que é a mais baixa possível, a pagar ao administrador da escola uma pequena parcela mensal de sua renda, quantia que se destina ao dote da criança; e, portanto, todos os pais têm suas despesas limitadas por lei. Pois os liliputianos acreditam que nada pode ser mais injusto do que as pessoas, cedendo aos próprios desejos, colocarem filhos no mundo deixando aos cofres públicos o encargo de sustentá-los. Quanto às pessoas de berço, elas destinam certa quantia a cada criança, proporcional a sua condição; esses fundos são sempre administrados com muito zelo e a mais rigorosa justiça.

Os camponeses e os trabalhadores mantêm seus filhos em casa, já que não lhes cabe outra tarefa a não ser cultivar e lavrar a terra, e, portanto, sua educação é de pouca importância para o público: no entanto, os velhos e os doentes entre eles são amparados por asilos; uma vez que pedir esmolas é uma atividade desconhecida neste reino.

Nesse ponto, talvez possa interessar ao leitor curioso fazer um relato do meu cotidiano e do modo como vivi neste país, durante um período de nove meses e treze dias. Tendo a cabeça boa para trabalhos mecânicos, e sendo forçado pela necessidade, construí para meu uso uma mesa e uma cadeira convenientes o bastante com as maiores árvores do parque real. Duzentas costureiras foram empregadas para fazerem camisas, roupas de cama e mesa para mim, tudo feito dos tecidos mais fortes e grosseiros que se podia encontrar; e, ainda assim, foram obrigadas a dobrá-los várias vezes, pois o mais grosso que tinham era mais fino do que percal. Cada peça do linho deles, em geral, tem 7 centímetros de largura e 91 de comprimento. As costureiras tomaram minha medida enquanto eu estava deitado no chão, uma de pé no meu pescoço, outra no meio da minha perna, com uma corda forte estendida, cada uma segurando uma de suas pontas, enquanto uma terceira media o comprimento da corda com uma régua de 2,5 centímetros de comprimento. Depois mediram meu polegar direito e mais nada, pois, mediante um cálculo matemático, segundo o qual duas voltas ao redor do polegar equivalem a uma medida do pulso, e isso valendo também para o pescoço e a cintura, e com a ajuda da minha velha camisa, que estendi no chão para terem uma amostra, conseguiram tirar minhas medidas com exatidão. Trezentos alfaiates foram empregados para fazer minhas roupas; entretanto, valeram-se de outro artifício para tirarem minhas medidas. Eu me ajoelhei e eles apoiaram uma escada no meu pescoço; um deles subiu nessa escada e deixou cair um fio de prumo do meu colarinho até o chão, medindo o comprimento exato do meu casaco: entretanto, da minha cintura e dos meus braços eu mesmo tirei a medida. Quando minhas roupas ficaram prontas, trabalho esse que foi feito na minha casa (pois mesmo a maior das casas deles não teria espaço), elas pareciam colchas de retalhos feito pelas senhoras da Inglaterra, com a diferença de que todos os retalhos eram da mesma cor.

Eu dispunha de 300 cozinheiros para preparar minhas refeições, em pequenas cabanas construídas ao redor da minha casa, onde eles moravam com suas famílias, e cada um preparava dois pratos. Eu tomava em minha mão vinte criados e os colocava na mesa, e outros cem aguardava no chão, alguns com pratos de carne, outros com barris de vinho e outras bebidas pendurados nos ombros; tudo isso os criados que estavam na mesa faziam subir, quando eu pedia, de uma forma muito engenhosa, usando cordas, assim como fazemos para pegarmos água com baldes em poços na Europa. Um prato de sua carne era um bom bocado, e um barril, um gole razoável. Sua carne de carneiro é inferior à nossa, mas a de vaca é excelente. Certa vez, serviram-me uma alcatra tão grande que fui forçado a comê-la em três mordidas; todavia, isso é raro. Meus criados ficaram atônitos ao me verem comer os ossos com a carne, assim como fazemos em nosso país quando comemos uma coxa de cotovia. Os gansos e os perus deles eu costumava comê-los de um só bocado, e confesso que eles são bem melhores do que os nossos. Das aves menores, eu juntava vinte ou trinta com a ponta da minha faca.

Um dia, Sua Majestade imperial, sendo informada do meu estilo de vida, expressou o desejo de, em companhia da consorte real e dos jovens príncipe de sangue de ambos os sexos, ter a felicidade, assim ele mesmo disse, de jantar comigo. Eles vieram de acordo, e eu os coloquei em seus tronos sobre a mesa, bem diante de mim, cercados por seus guardas. Flimnap, o tesoureiro-mor, também compareceu com seu cajado branco; observei que, muitas vezes, ele olhava para mim com uma expressão contrariada, que fingi não perceber, entretanto comi mais do que o normal, em homenagem à minha querida pátria, bem como para causar admiração à corte. Tenho razões particulares para crer que essa visita de Sua Majestade deu a Flimnap uma oportunidade de me difamar junto a seu senhor. Esse ministro sempre foi meu inimigo secreto, embora me bajulasse mais do que o normal para alguém tão mal-humorado. Ele disse ao imperador que o Tesouro estava em mau estado; que fora forçado a tomar dinheiro emprestado a juros muito altos; que as apólices da coroa só podiam circular com um desconto de 9% do valor; que, em resumo, eu custava à Sua Majestade mais de 1,5 milhão de *sprugs* (sua mais valiosa moeda de ouro, do tamanho de uma lantejoula); sendo assim, era aconselhável que o imperador aproveitasse a primeira oportunidade que se apresentasse para me dispensar.

Neste ponto me vejo obrigado a defender a reputação de uma dama magnífica, que injustamente sofreu por minha culpa. O tesoureiro passou a ter ciúme de sua esposa, por causa da malícia de algumas más línguas, que lhe informaram de que sua dama sentia uma afeição intensa por mim; e por algum tempo correu um boato escandaloso na corte de que ela teria ido me visitar uma vez a sós em minha casa. Declaro solenemente que isso é a mais infame mentira, sem qualquer fundamento, sendo verdade que essa dama sempre me tratou apenas com inocente familiaridade e amizade. Admito que ela veio muitas vezes a minha casa, mas sempre de forma pública, e sempre acompanhada de mais três pessoas, que normalmente eram sua irmã, sua filha mais nova e mais alguma conhecida; mas isso era comum a muitas outras damas da corte. E que perguntem a todos os meus criados, se eles em algum momento viram uma carruagem parada na minha porta sem saber quem estava lá dentro. Nessas ocasiões, quando o criado anunciava a chegada de alguém, eu tinha por hábito ir imediatamente até a porta e, em seguida, prestar meus respeitos, recebia a carruagem e os dois cavalos com muito cuidado em minhas mãos (pois, se fossem seis cavalos, o postilhão sempre desatrelava quatro) e colocá-los em uma mesa, onde eu havia fixado uma borda móvel bastante roliça, de 12 centímetros de altura, para evitar acidentes. E muitas vezes tive quatro carruagens e seus cavalos de uma só vez na minha mesa, cheias de visitantes, enquanto eu permanecia em minha cadeira, e inclinava o rosto na direção deles; e quando eu estava envolvido conversando com um grupo, os cocheiros dirigiam suavemente os demais ao redor da minha mesa. Passei várias tardes muito agradáveis entretendo-me em tais conversas. Mas desafio o tesoureiro e seus dois informantes (vou nomeá-los e deixá-los fazer o que acharem melhor), Clustril e Drunlo, a provar que alguma pessoa já veio até mim de forma "incógnita", exceto o secretário Reldresal, que veio por ordem expressa de Sua Majestade imperial, como já relatei. Eu não teria me demorado tanto nesse assunto em particular, se não fosse um ponto em que a reputação de uma grande dama estivesse em risco, isso sem falar na minha reputação; embora já tivesse a honra de ser um *nardac*, coisas que o próprio tesoureiro não é; pois todos sabem que ele é apenas um *clumglum*, título inferior ao meu em um grau, como um marquês é inferior a um duque na Inglaterra; ainda que eu tenha de admitir que ele tivesse precedência em relação a mim em razão de seu cargo. Essas falsas informações, das quais só tive conhecimento depois, por conta de um acidente que não seria apropriado mencionar, fizeram com que por algum tempo o tesoureiro demonstrasse irritação com sua senhora, e a mim coisas pior; e, embora ele finalmente tenha vindo a saber a verdade e a se reconciliar com ela, ainda assim perdi todo o crédito com ele, e descobri que o interesse do próprio imperador diminuiu muito rapidamente em relação a mim, pois ele era, de fato, muito influenciado por esse seu favorito.

CAPÍTULO VII

O autor, sendo informado de um plano para acusá-lo de alta traição, foge para Blefuscu. De como foi recebido lá.

Antes de fazer um relato de como parti deste reino, talvez seja mais apropriado informar ao leitor de uma intriga particular que já há dois meses se fazia contra mim.

Durante toda a minha vida, fui um estranho aos tribunais, para os quais não estava qualificado em razão da minha humilde origem. De fato, eu já havia ouvido e lido o suficiente sobre os humores de grandes príncipes e ministros, entretanto, nunca imaginei encontrar efeitos tão terríveis deles em um país tão remoto, governado, como me parecia, por máximas muito diferentes daquelas existentes na Europa.

Quando eu me preparava para visitar o imperador de Blefuscu, um personagem importante na corte (a quem eu tinha sido muito útil, numa época em que ele havia caído em desgraça junto a Sua Majestade imperial) veio à minha casa secretamente à noite, em uma liteira fechada e, sem mencionar seu nome, solicitou que eu o recebesse. Os carregadores foram dispensados; e eu coloquei a liteira, com Sua Excelência dentro, no bolso do meu casaco: e, dando ordens ao meu criado mais fiel, para que dissesse que eu estava indisposto e tinha ido me deitar, tranquei a porta da minha casa, coloquei a liteira sobre a mesa, como de costume, e sentei-me a seu lado. Depois da habitual troca de saudações, observei que o semblante de Sua Excelência demonstrava muita preocupação e, ao lhe perguntar a razão, ele pediu que eu o ouvisse pacientemente o que tinha para dizer a respeito da minha honra e da minha vida. Seu discurso incluiu os seguintes aspectos, pois tomei notas assim que ele foi embora:

"Você precisa saber", disse ele, "que vários comitês do Conselho foram convocados recentemente, da maneira mais privada possível, para discutir o seu caso; e faz apenas dois dias que sua Majestade chegou a uma decisão.

Você tem plena consciência de que Skyresh Bolgolam (*galbet* ou alto-almirante) é seu inimigo mortal, quase desde sua chegada. As razões originais eu não sei, mas o ódio dele aumentou desde seu grande sucesso contra Blefuscu, que fez com que sua glória como almirante fosse muito ofuscada. Esse senhor, em conluio com Flimnap, o tesoureiro-mor, cuja inimizade contra você é notória por causa de sua senhora; Limtoc, o general; Lalcon, o camareiro; e Balmuff, o Juiz Supremo, prepararam artigos de impedimento contra você, por traição e outros crimes capitais."

Tal preâmbulo me deixou tão impaciente, por estar consciente de meus méritos e de minha inocência, que estava a ponto de interrompê-lo quando ele me pediu para ficar em silêncio, e assim prosseguiu:

"Por gratidão pelos favores que você me fez, obtive informações de todo o processo e uma cópia dos artigos; pondo em risco, assim, minha cabeça a seu serviço.

Artigos de Impedimento contra QUINBUS FLESTRIN (o homem-montanha).

Artigo I.

Considerando que, por conta de um estatuto promulgado no reinado de Sua Majestade imperial Calin Deffar Plune, todo aquele que urinar dentro dos recintos do palácio real estará sujeito às dores e penalidades de alta traição; não obstante, o referido Quinbus Flestrin, violando de modo flagrante a referida lei, sob o pretexto de extinguir o incêndio que atingia os aposentos da mais querida consorte imperial de Sua Majestade, de maneira maliciosa, traiçoeira e diabólica, usando de sua urina, apagou o incêndio que ocorria nos referidos aposentos, que estão dentro dos recintos do referido palácio real, violando assim o estatuto previsto, etc., contra o dever, etc.

Artigo II.

Que o dito Quinbus Flestrin, tendo trazido a frota imperial de Blefuscu para o porto real, e tendo recebido ordens de Sua Majestade imperial de apossar-se de todos os outros navios do referido império de Blefuscu, e reduzir esse império a uma província, para ser governado por um vice-rei daqui, e de destruir e executar não só todos os exilados extremistas, mas também todo o povo daquele império que não renegasse imediatamente a heresia extremista, ele, o referido Flestrin, como um desleal traidor da mais auspiciosa, serena e imperial Majestade, pediu para ser dispensado do referido serviço, sob o pretexto de não querer forçar as consciências, nem de destruir as liberdades e vida de um povo inocente.

Artigo III.

Que, quando certos embaixadores chegaram da Corte de Blefuscu, para pedir a paz na corte de Sua Majestade, ele, o dito Flestrin, como um desleal traidor, ajudou, incitou, confortou e entreteve os referidos embaixadores, embora soubesse que serviam a um príncipe que nos últimos anos fora um inimigo declarado de Sua Majestade imperial, em uma guerra declarada contra a dita majestade.

Artigo IV.

Que o referido Quinbus Flestrin, contrariando o dever de um súdito fiel, agora está se preparando para fazer uma viagem até a corte e o Império de Blefuscu, para a qual ele recebeu apenas uma licença verbal de Sua Majestade imperial; e, sob o pretexto da referida licença, pretende, de forma desleal e traiçoeira, usar a referida viagem para, assim, ajudar, confortar e incitar o imperador de Blefuscu, tão recentemente um inimigo, em guerra declarada com Sua Majestade imperial já mencionada.

Há alguns outros artigos, mas estes são os mais importantes, dos quais eu li um resumo. Nos vários debates sobre este impedimento, devo reconhecer que Sua Majestade deu vários sinais de sua grande clemência; muitas vezes mencionando os serviços que o senhor prestou a ele e se esforçando para amenizar seus crimes. O tesoureiro e o almirante insistiram que você fosse executado da forma mais dolorosa e vergonhosa possível, incendiando sua casa à noite, na presença do general com um contingente de 20 mil homens armados com flechas envenenadas a serem lançadas em seu rosto e em suas mãos. Alguns dos seus criados receberiam ordens secretas de embeber suas camisas e lençóis de um líquido venenoso, que logo faria você rasgar a própria pele e morrer em uma tortura extrema. O general também foi da mesma opinião; de modo que, por um bom tempo, houve maioria contra o senhor; entretanto, Sua Majestade, resolvendo que, se possível, pouparia sua vida, finalmente dissuadiu o camareiro. Diante desse incidente, Reldresal, secretário de assuntos privados, que sempre se provou seu verdadeiro amigo, recebeu ordens do imperador de oferecer sua opinião, o que ele fez da maneira devida; justificando os bons pensamentos que o senhor tem a respeito dele. Ele reconheceu que seus crimes eram grandes, mas que ainda havia margem para misericórdia, a virtude mais louvável em um príncipe, e pela qual Sua Majestade era tão justamente celebrada. Ele afirmou que a amizade que o unia ao senhor era tão bem conhecida pelo mundo, que talvez o mais honrado Conselho pudesse considerá-lo parcial; no entanto, em obediência à ordem que recebeu, ele manifestaria livremente seus sentimentos. Que se Sua Majestade, em consideração a seus serviços, e de acordo com a própria disposição misericordiosa, quisesse poupar sua vida, ordenando apenas que furassem seus dois olhos, ele humildemente considerava que, por meio desse recurso, a Justiça seria feita de certa maneira, e todos aplaudiriam a clemência do imperador, bem como os procedimentos justos e generosos daqueles que têm a honra de serem seus conselheiros. Que a perda de sua visão não diminuiria sua força física, a qual o senhor ainda poderia usar de modo útil em benefício de Sua Majestade; que a cegueira fortalece a coragem, ocultando perigos de nós; que o medo que o senhor tinha por seus olhos foi a maior dificuldade ao trazer a frota do inimigo, e que seria suficiente para o senhor ver pelos olhos dos Ministros, tal como os maiores príncipes fazem.

Tal proposta foi recebida com a máxima desaprovação por todo o Conselho. Bolgolam, o almirante, não conseguiu controlar sua irritação e, levantando-se furioso disse que não entendia como o secretário ousava dar sua opinião em favor de preservar a vida de um traidor; que os serviços que o senhor havia feito eram, por todas as verdadeiras razões de Estado, o maior agravante de seus crimes; que o senhor, que foi capaz de extinguir o incêndio urinando nos aposentos de Sua Majestade (fato mencionado por ele com expressão de horror), poderia, em outra ocasião, provocar uma inundação pelo mesmo método, para afogar todo o palácio; e a mesma força que lhe permitiu trazer a frota inimiga poderia servir, no primeiro descontentamento, para levá-la de volta; que ele tinha boas razões para pensar que o senhor era um extremista em seu coração; e, como a traição começa no coração antes de se manifestar em atos concretos, ele o acusava de traição por esse motivo, portanto, insistia que o senhor deveria ser executado.

O tesoureiro era da mesma opinião, mostrando quanto o tesouro de Sua Majestade fora reduzido pelo encargo de sustentá-lo, encargo esse que logo se tornaria insustentável; que o recurso do Secretário de cegá-lo estava longe de ser um remédio contra esse mal, que, na verdade, poderia aumentar o problema, como se manifesta pela prática comum de cegar certos tipos de ave, pois em seguida elas passam a comer demais e a engordar mais depressa; que Sua Sagrada Majestade e o Conselho, que são seus juízes, estavam, em sua consciência, totalmente convencidos de sua culpa, o que era um argumento suficiente para condená-lo à morte, sem as provas formais exigidas pela letra estrita da lei.

Entretanto, Sua Majestade imperial, totalmente contrária à pena de morte, generosamente afirmou que, se o Conselho julgasse a cegueira uma punição muito leve, alguma outra poderia ser infligida posteriormente. E seu amigo, o secretário, desejando humildemente ser ouvido outra vez, em resposta à objeção do tesoureiro a respeito da grande despesa de Sua Majestade para mantê-lo, disse que Sua Excelência, o único responsável pela receita do imperador, poderia facilmente proporcionar uma solução contra esse mal, ao diminuir gradualmente a sua pensão; assim, por falta de alimento suficiente, o senhor ficaria fraco, perderia o apetite e, consequentemente, decairia e morreria em poucos meses; nem o fedor de sua carcaça seria tão perigoso, pois teria sido reduzido à metade; e imediatamente depois de sua morte, 5 ou 6 mil súditos de Sua Majestade poderiam, em dois ou três dias, separar a carne de seus ossos, carregá-la em carroças e enterrá-la em regiões distantes, para impedir uma infecção, deixando o esqueleto como um monumento a ser admirado pela posteridade.

Assim, graças à grande amizade do Secretário, foi possível chegarem a um acordo. Foi determinado que o projeto de fazê-lo morrer de fome gradualmente deveria ser mantido em segredo;

todavia, a sentença de cegá-lo foi registrada nos autos; não havendo nenhum dissidente, exceto Bolgolam, o almirante, que, sendo protegido da imperatriz, era instigado permanentemente por Sua Majestade a insistir em sua morte, pois ela nutre um rancor perpétuo contra o senhor, por causa do método infame e ilegal que o senhor usou para extinguir o incêndio em seus aposentos.

Dentro de três dias, seu amigo, o secretário, será instruído a vir à sua casa e ler diante do senhor os artigos de impedimento; em seguida, como prova da clemência de Sua Majestade e do Conselho, o senhor só será condenado à perda de visão, à qual Sua Majestade acredita que o senhor se submeterá com gratidão e humildade; 20 cirurgiões de Sua Majestade estarão presentes, a fim de garantir uma operação bem executada, disparando flechas com pontas muito afiadas em seus olhos, enquanto o senhor estará deitado no chão.

Deixo à sua prudência as medidas que o senhor tomará; e, para evitar suspeitas, devo regressar imediatamente de maneira tão secreta quanto vim."

Assim procedeu Sua Excelência deixando-me sozinho, com a mente cheia de dúvidas e de perplexidades.

Conforme uma prática habitual, estabelecida pelo atual príncipe e seu ministério (muito diferente, segundo me disseram, da prática dos tempos antigos), sempre que a corte decretasse uma execução cruel, fosse para satisfazer o ressentimento do monarca ou a malícia de um favorito, o imperador fazia um discurso para todo o seu Conselho, expressando sua grande clemência e ternura, qualidades reconhecidas por todo mundo. Tal discurso era publicado imediatamente em todo o reino; e nada aterrorizava mais o povo do que esses elogios à misericórdia de Sua Majestade, pois observava-se que, quanto mais se engrandecia e se enfatizavam os elogios, mais desumana era a punição, e a vítima, mais inocente. No entanto, quanto a mim mesmo, devo confessar que, não sendo destinado a ser um cortesão nem por nascimento, nem educação, eu era tão inapto para julgar as coisas, que não conseguia compreender onde estavam a clemência e o favor dessa sentença, ainda que a considerasse (talvez de forma errada) mais rigorosa do que suave. Pensei, algumas vezes, em sujeitar-me ao julgamento, pois, embora eu não pudesse negar os fatos alegados nos vários artigos, ainda assim esperava que reconhecessem algumas atenuantes. Todavia, tendo em minha vida assistido a muitos julgamentos de Estado, cujo desfecho era sempre aquele desejado pelos juízes, não me atrevi a confiar em uma decisão tão perigosa, em um momento tão crítico e tendo inimigos tão poderosos. Por um momento estive fortemente inclinado a resistir, pois, enquanto tivesse minha liberdade, toda a força desse império dificilmente poderia me subjugar, e eu poderia destruir a metrópole com facilidade; no entanto, logo rejeitei essa ideia com horror, lembrando-me do juramento que fizera ao imperador, dos favores que recebi dele e do elevado título de *nardac* que ele me concedera. E não consegui me convencer, depois de ter aprendido sobre a gratidão dos Cortesãos, de que a severidade de Sua Majestade me absolveriam de todas as obrigações passadas.

Por fim, cheguei a uma decisão, pela qual é provável que eu seja censurado, e não injustamente, pois confesso que a preservação da minha visão, e consequentemente da minha liberdade, deve-se à minha grande afobação e falta de experiência, porque, se eu conhecesse na época a natureza dos príncipes e dos ministros, que desde então observei em muitas outras cortes, e seus métodos de tratar criminosos menos detestáveis do que eu, teria, com grande espontaneidade e disposição, me submetido a uma punição tão branda. Entretanto, instigado pela afobação da juventude, e tendo a licença de Sua Majestade imperial para visitar o imperador de Blefuscu, aproveitei essa oportunidade e, antes que os três dias se passassem, enviei uma carta ao meu amigo o secretário, comunicando minha decisão de partir naquela manhã para Blefuscu, de acordo com a licença que eu havia obtido; e, sem esperar por uma resposta, fui para aquele lado da ilha onde estava nossa frota. Apoderei-me de um grande navio de guerra, amarrei um cabo à proa e, levantando as âncoras, despi-me, coloquei minhas roupas (com minha colcha, que havia trazido debaixo do braço) na embarcação e, puxando-a pelo cabo, às vezes andando, às vezes nadando, cheguei ao Porto Real de Blefuscu, onde o povo há muito me esperava: eles me emprestaram dois guias para me levarem à metrópole, que tem o mesmo nome do país. Eu os levei em minhas mãos, até chegar a quase duzentos metros do portão, e pedi-lhes que comunicassem minha chegada a um dos secretários, e dissessem que eu esperaria ali pelas ordens de Sua Majestade. Cerca de uma hora depois obtive a resposta de que Sua Majestade, acompanhado da família real e de altos oficiais da corte, estava vindo me receber. Avancei cem metros. O imperador e sua comitiva apearam de seu cavalo, a imperatriz e as damas de sua carruagem, e notei que não estavam nem com medo, nem preocupados. Deitei-me no chão para beijar as mãos do imperador e da imperatriz. Disse a Sua Majestade que eu vinha para cumprir minha promessa e, com a licença do imperador, meu senhor, para ter a honra de ver um monarca tão poderoso, e para lhe oferecer qualquer serviço a meu alcance, e que não fosse contrário ao meu dever para com meu príncipe; sem mencionar uma palavra da minha desgraça, porque ainda não tinha, até esse ponto, nenhuma informação concreta, e deveria parecer ignorante em relação a isso; nem poderia imaginar que o imperador descobriria meu segredo, enquanto eu estivesse fora de seu alcance; no entanto, percebi que estava enganado.

Não aborrecerei o leitor com o relato detalhado da minha recepção nessa corte, adequada à generosidade de um príncipe tão grande; nem das minhas dificuldades por não ter uma casa e uma cama, sendo obrigado a dormir no chão, envolto em minha colcha.

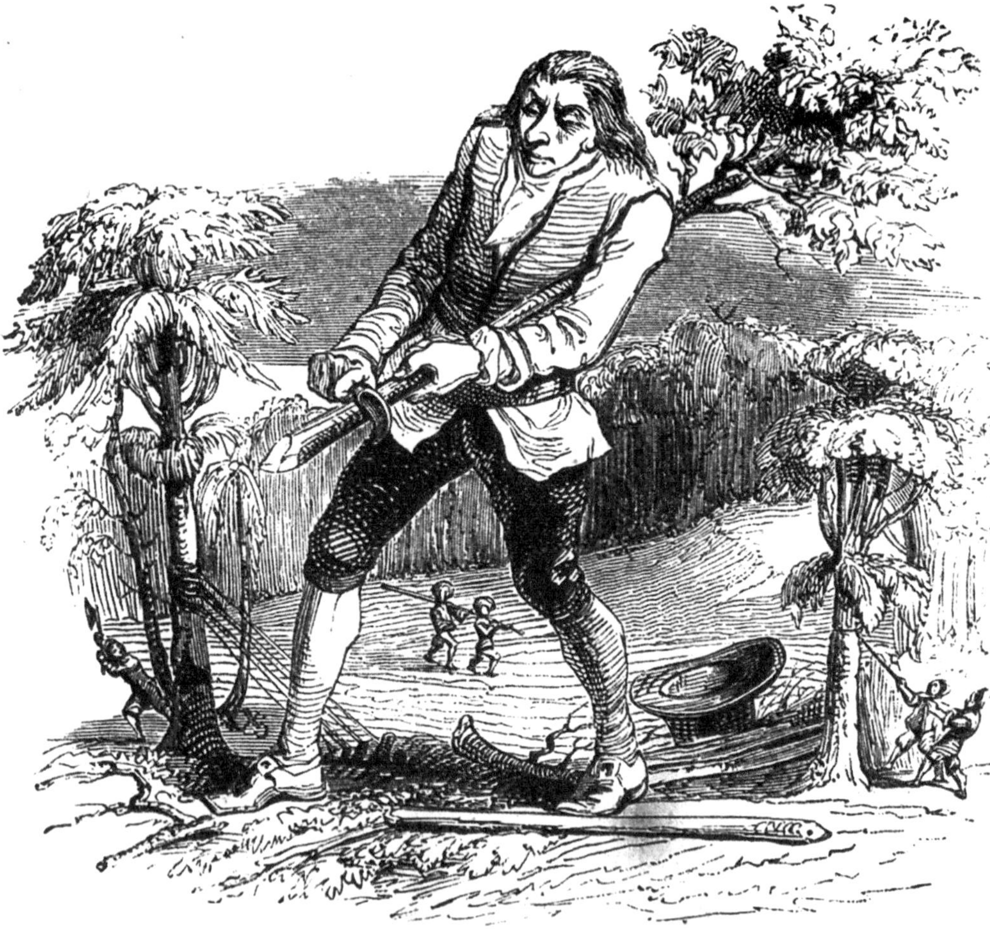

CAPÍTULO VIII

O autor, por um feliz acaso, encontra uma maneira de deixar Blefuscu e, após algumas dificuldades, retornar ao seu país natal.

Três dias depois da minha chegada, andando por curiosidade até a costa nordeste da ilha, observei, a cerca de meia légua no mar, algo que parecia um barco virado. Tirei meus sapatos e meias e, andando por cerca de duzentos ou trezentos metros, percebi que o objeto se aproximava pela força da maré; e então notei claramente que era um barco de verdade, que eu supunha ter se soltado de um navio devido a alguma tempestade. Depois disso, voltei imediatamente para a cidade e pedi que Sua Majestade imperial me emprestasse 20 dos navios mais altos que restavam após a perda de sua frota, e 3 mil marinheiros, sob o comando de seu vice-almirante. Essa frota navegou pela costa enquanto eu voltei pelo caminho mais curto até a praia, onde tinha encontrado o barco. Percebi que a maré o tinha trazido para ainda mais perto. Todos os marinheiros receberam uma cordoalha, que eu já havia trançado de antemão para ter força o suficiente. Quando os navios chegaram, eu me despi e avancei pela água até estar a cem metros do barco, quando então fui obrigado a nadar até ele. Os marinheiros me jogaram a ponta da corda, que eu prendi a um buraco na parte frontal do barco, e a outra ponta prendi em um navio de guerra; mas descobri que todo meu trabalho tinha sido em vão, pois sem conseguir dar pé ali, não era capaz de trabalhar. Por necessidade fui forçado a nadar de volta e empurrar o barco para frente, sempre que podia, com uma das mãos; e, com a maré me ajudando, avancei tanto que a água passou a bater no meu queixo e pude sentir o chão. Descansei dois ou três minutos, e então dei ao barco outro empurrão, e assim por diante, até que o mar não passasse da altura das minhas axilas; então, terminando a parte mais trabalhosa, tirei os outros cabos, que estavam guardados em um dos navios e os prendi primeiro ao barco, e depois a nove dos navios que me ajudavam; com o vento a nosso favor, os marinheiros rebocavam e eu empurrava, até chegarmos a quarenta metros da costa; e, esperando até que a maré baixasse, cheguei seco ao barco, e com a ajuda de 2 mil homens, com cordas e ferramentas, consegui desvirá-lo e descobri que estava só um pouco danificado.

Eu não vou incomodar o leitor com as dificuldades que tive, devido a certos remos que me custaram dez dias para serem feitos, para levar o barco para o Porto Real de Blefuscu, onde uma poderosa multidão apareceu na minha chegada, admirados com a visão de um navio tão gigantesco. Eu disse ao imperador que minha boa sorte tinha botado aquele barco no meu caminho, para me levar a algum lugar de onde eu pudesse retornar ao meu país natal; e implorei à Sua Majestade para ordenar que me trouxessem materiais para consertá-lo, juntamente com sua licença para partir; que, depois de algumas represensões, ele teve o prazer de conceder.

Fiquei muito admirado, em todo esse tempo, de não ter ouvido falar de nenhuma mensagem relacionada a mim vinda de nosso imperador para a corte de Blefuscu. Mas depois fui informado em particular que Sua Majestade imperial, sem nem imaginar que eu tinha conhecimento de seus planos, acreditava que eu só tinha ido para Blefuscu para cumprir minha promessa, de acordo com a licença que ele havia me dado, que era bem conhecida pela nossa corte, e voltaria em poucos dias, quando a cerimônia acabasse. Mas ele estava finalmente sofrendo com minha longa ausência; e depois de consultar o tesoureiro e o resto do conchavo, uma pessoa de importância foi despachada com a cópia dos artigos contra mim. Esse emissário tinha instruções de apresentar ao monarca de Blefuscu a grande clemência de seu mestre, que estava satisfeito em me punir apenas com a perda da minha visão; que eu havia fugido da Justiça e que, se eu não retornasse em duas horas, perderia meu título de *nardac* e seria considerado um traidor. O emissário ainda acrescentou que, para manter a paz e a amizade entre os dois impérios, o mestre esperava que seu irmão de Blefuscu desse ordens para me enviarem de volta a Lilipute, com as mãos e os pés amarrados, para ser punido como traidor.

O imperador de Blefuscu, levando três dias para fazer consultas, enviou uma resposta que consistia em muitas civilidades e desculpas. Ele disse que, quanto a enviar-me amarrado, seu irmão sabia que era impossível; que, embora eu o tivesse privado de sua frota, ele ainda me devia vários favores pelos muitos bons ofícios que eu lhe havia feito na negociação de paz. Que, no entanto, ambas as Majestades logo ficariam aliviadas; pois eu tinha encontrado um navio gigantesco na costa, capaz de me levar para o mar, o qual ele tinha dado ordens para ser consertado com minha ajuda e supervisão; e ele esperava que, em algumas semanas, ambos os impérios ficariam livres de um fardo tão insuportável.

Com essa resposta, o enviado voltou a Lilipute; e o monarca de Blefuscu relatou-me tudo o que havia se passado; oferecendo-me ao mesmo tempo (mas sob a mais estrita confiança) sua graciosa proteção, se eu continuasse a seu serviço; no entanto, embora eu o considerasse sincero, resolvi nunca mais confiar em príncipes ou ministros, se eu pudesse evitar; e, assim, com todos os devidos agradecimentos por suas intenções favoráveis, implorei humildemente para ser dispensado. Disse a ele que, desde que a sorte, boa ou má, havia colocado um navio em meu caminho, eu decidira me aventurar no oceano, em vez de ser uma desavença entre dois monarcas tão poderosos. Não achei que o imperador tenha ficado descontente; e descobri, por acidente, que ele estava muito feliz com minha resolução, assim como a maioria de seus ministros.

Essas considerações me levaram a apressar minha partida para antes do que eu pretendia; com a qual o tribunal, impaciente para me ver ir embora, muito prontamente contribuiu. Quinhentos trabalhadores foram empregados para construir duas velas para meu barco, de acordo com minhas instruções, costurando treze pedaços de seu linho mais forte juntos. Eu fiquei com o trabalho de fazer cordas e cabos, torcendo 10, 20 e até 30 das cordas mais grossas e fortes deles. Uma grande pedra que encontrei, após uma longa busca, à beira-mar, serviu-me de âncora. Eu tinha a gordura de 300 vacas, para lubrificar meu barco e usar de outras maneiras. Tive muito trabalho para cortar algumas das maiores árvores, para fazer remos e mastros, no entanto, fui ajudado por carpinteiros de navios de Sua Majestade, que me ajudaram a lixá-las depois que fiz o trabalho mais bruto.

Em cerca de um mês, quando tudo estava pronto, mandei um aviso para saber das ordens de Sua Majestade e para pedir minha licença. O imperador e a família real vieram do palácio; deitei-me no chão para beijar sua mão, que ele graciosamente me estendeu: assim como a imperatriz e os jovens príncipes de sangue. Sua Majestade me presenteou com 50 bolsas de 200 *sprugs* cada uma, junto a uma foto sua de corpo todo, que coloquei imediatamente em uma das minhas luvas, para evitar que ela estragasse. As cerimônias de despedida foram muitas, para incomodar o leitor falando sobre elas neste momento.

Enchi o barco com as carcaças de 100 bois e 300 ovelhas, com pão e bebida na mesma proporção, e tanta carne pronta quanto 400 cozinheiros puderam fornecer. Carreguei comigo seis vacas e dois touros vivos, e o mesmo tanto de ovelhas e carneiros, com a intenção de levá-los para o meu país, e propagar as raças. E, para alimentá-los a bordo, eu tinha uma boa quantidade de feno e um saco de milho. De bom grado, eu teria levado uma dúzia de nativos, mas isso era uma coisa que o imperador não permitiria de forma alguma; e, além de uma busca diligente em meus bolsos, Sua Majestade pediu, pela minha honra, que eu não levasse nenhum de seus súditos, mesmo com seu consentimento e desejo.

Tendo assim preparado todas as coisas tão bem quanto pude, zarpei no dia 24 de setembro de 1701, às 6h da manhã; e, quando eu tinha navegado cerca de quatro léguas para o Norte, com o vento soprando para o Sudeste, às 6h da noite eu avistei uma pequena ilha, cerca de meia légua a Noroeste. Avancei e lancei âncora no lado sotavento da ilha, que parecia ser desabitado. Eu, então, fiz uma refeição leve e fui descansar. Dormi bem, e calculo que por cerca de seis horas, pois o dia raiou duas horas depois que acordei. Foi uma noite clara. Comi meu café da manhã antes que o sol nascesse e, erguendo âncora, com o vento a meu favor, naveguei pelo mesmo caminho que havia feito no dia anterior, sendo guiado por minha bússola de bolso. Minha intenção era chegar, se possível, a uma daquelas ilhas que eu tinha motivos para acreditar que ficavam a nordeste da Terra de Van Diemen. Não encontrei nada durante aquele dia; mas, no seguinte, por volta de 3h da tarde, quando eu estava, pelos meus cálculos, a vinte e quatro léguas de Blefuscu, eu avistei uma embarcação seguindo para o Sudeste; meu rumo era para o Leste. Eu a saudei, mas não obtive resposta; no entanto, eu a alcancei, pois o vento diminuiu. Manobrei o quanto pude, e em meia hora ela me notou, depois içou sua bandeira e disparou um tiro. Não é fácil expressar a alegria que senti, com a esperança inesperada de ver meu amado país outra vez e as queridas pessoas que ali deixei. A embarcação afrouxou as velas, e eu me juntei a ela entre 5h e 6h da noite, no dia 26 de setembro; mas meu coração saltou dentro de mim ao ver suas cores inglesas. Coloquei minhas vacas e ovelhas no bolso do casaco e embarquei com toda a minha pequena carga de mantimentos. O navio era um mercante inglês, retornando do Japão pelos mares do Norte e do Sul; o capitão era o sr. John Biddel, de Deptford, um homem muito cortês e um excelente navegador.

Estávamos agora na latitude de 30 graus ao sul; havia cerca de 50 homens no navio; e aqui eu encontrei um velho camarada meu, Peter Williams, que deu boas referência minhas ao capitão. Esse cavalheiro me tratou com bondade e pediu que eu lhe contasse sobre o lugar de onde eu vinha e para onde eu ia, o que contei em poucas palavras, mas ele pensou que eu estava delirando e que os perigos pelos quais eu passara tinham perturbado minha mente; então tirei dos bolsos meu gado e minhas ovelhas que, após grande espanto, o convenceram da minha veracidade. Em seguida, mostrei-lhe o ouro que o imperador de Blefuscu havia me dado, junto à imagem de corpo todo de Sua Majestade, e outras raridades daquele país. Dei a ele duas bolsas de 200 *sprugs* cada uma e prometi que quando chegássemos à Inglaterra lhe daria uma vaca e uma ovelha prenhas.

Não vou incomodar o leitor com um relato detalhado dessa viagem, que foi muito próspera em sua maior parte. Chegamos a Downs no dia 13 de abril de 1702. Tive apenas um infortúnio, os ratos a bordo levaram uma das minhas ovelhas; encontrei seus ossos em um buraco, sem nenhum vestígio da carne. O resto do meu gado desembarquei em segurança e os coloquei para pastar em um campo muito verde em Greenwich, onde a finura da grama fez com que se alimentassem muito bem, embora eu temesse o contrário: não poderia tê-los preservado em uma viagem tão longa, se o capitão não tivesse me dado alguns de seus melhores biscoitos, que, esmigalhados e misturados com água, foram a sua comida constante. No curto período de tempo em que continuei na Inglaterra, obtive um lucro considerável ao exibir meu gado a muitas pessoas eminentes e outras mais: e antes de começar minha segunda viagem, vendi-o por 600 libras. Desde o meu último retorno, percebi que as raças aumentaram consideravelmente, em especial as ovelhas, que espero que favoreçam a fabricação de lã, pois seu velo é muito fino.

Fiquei apenas dois meses com minha esposa e família, pois o desejo insaciável de ver países estrangeiros não me permitiria continuar ali por muito tempo. Deixei 1.500 libras com minha esposa e lhe arrumei uma boa casa em Redriff. O restante carreguei comigo, parte em dinheiro e parte em bens, na esperança de aumentar minha fortuna. Meu tio mais velho, John, tinha me deixado uma propriedade em terra, perto de Epping, que rendia cerca de 30 libras por ano; e eu tinha um longo contrato de arrendamento na hospedaria de Black Bull em Fetter Lane, que me rendia muito mais; de modo que não havia perigo da minha família acabar dependendo da paróquia. Meu filho, Johnny, que recebera esse nome em homenagem a seu tio, estava na escola secundária e era um menino promissor. Minha filha, Betty, que agora está bem-casada e tem filhos, estava fazendo bordados. Eu me despedi da minha esposa, do menino e da menina, todos chorando, e embarquei no Adventure, um navio mercante de 300 toneladas com destino a Surate, cujo capitão era John Nicholas, de Liverpool. Mas o relato desta viagem será feito na Segunda Parte das minhas Viagens.

PARTE II
Viagen a Brobdingnag

CAPÍTULO I

Descrição de uma grande tempestade; um batel é enviado para buscar água; o autor vai nele para explorar a terra. É deixado na costa, capturado por um dos nativos e levado à casa de um fazendeiro. De como foi recebido, e os vários acidentes que se sucederam lá. Descrição dos habitantes.

Tendo sido condenado, pela natureza e pela fortuna, a uma vida ativa e inquieta, dez meses depois de meu regresso, deixei novamente meu país natal, e embarquei, em Downs, no dia 20 de junho de 1702, no *Adventure*, do capitão John Nicholas, natural da Cornualha, com destino a Surate. Tivemos um vento forte muito propício, até chegarmos ao Cabo da Boa Esperança, onde paramos para buscar água doce; entretanto, descobrindo um vazamento, desembarcamos nossa carga e ali passamos o inverno; pois o capitão adoeceu e teve febre, e não pudemos deixar o Cabo até o fim de março. Em seguida, zarpamos e fizemos uma boa viagem até passarmos pelo Estreito de Madagascar; porém, tendo chegado ao norte daquela ilha, e a cerca de 5 graus de latitude sul, os ventos, que naqueles mares sopram de modo constante entre o norte e o oeste, do início de dezembro até o início de maio, a 19 de abril começaram a soprar com uma violência muito maior, e mais a oeste do que o habitual, persistindo, assim, por vinte dias ao todo, quando fomos levados a um local um pouco a leste das Ilhas Molucas, a cerca de 3 graus ao norte da linha do Equador, como nosso capitão verificou ao fazer uma observação no dia 2 de maio, momento em que o vento cessou e se fez uma perfeita calmaria, o que muito me alegrou. No entanto, sendo ele um homem muito experiente em navegar naqueles mares, ordenou a todos nós que nos preparássemos para uma tempestade, que, de fato, caiu no dia seguinte: pois um vento sul, chamado Monção do Sul, começou a soprar.

Pensando que o vento se dissiparia, baixamos a cevadeira e nos preparamos para enrolar e prender o traquete; contudo, piorando o tempo, verificamos se os canhões estavam todos firmes e prendemos a mezena. O navio navegava muito sem rumo, por isso pensamos que era melhor seguir o vento do que tentar desafiá-lo. Colhemos o traquete e o fixamos, e prendemos a escota à popa; o leme estava firme a barlavento. O navio resistia bravamente. Amarramos a carregadeira da proa, todavia a vela estava rasgada, e por isso arriamos a verga, descemos a vela até o convés e desatamos tudo que a ela estava preso. Foi uma tempestade muito feroz; o mar irrompia de forma estranha e perigosa. Puxamos a arrida do leme e ajudamos o timoneiro. Decidimos não derrubar nosso grande mastro, e o deixamos de pé, pois o navio se movimentava bem diante do mar, e sabíamos que, estando o grande mastro de pé, o navio seguiria melhor, visto que tínhamos espaço de sobra para manobrar. Quando a tempestade passou, ajustamos o traquete e a vela principal e controlamos o navio. Em seguida, içamos a mezena, a vela de gávea e o velacho. Seguíamos para leste-nordeste, e o vento soprava de sudoeste. Seguimos com o vento a bombordo, soltamos os cabos a barlavento e fixamos os braços de sotavento, e içamos as velas à bolina e as puxamos e amarramos com firmeza, posicionamos a mezena a barlavento, navegando à bolina o quanto o vento nos permitia.

Durante essa tempestade, que foi seguida por um forte vento oeste-sudoeste, fomos levados, segundo meus cálculos, cerca de 500 léguas para leste, de modo que o marinheiro mais velho a bordo não sabia dizer em que parte do mundo havíamos chegado. Nossas provisões ainda duravam, nosso navio estava firme e a tripulação gozava de boa saúde; contudo, sofríamos muito pela falta de água. Achamos melhor seguir no mesmo curso, em vez de rumar mais para o Norte, o que poderia nos levar até as regiões noroeste da Grande Tartária e ao mar congelado.

Em 16 de junho de 1703, o jovem no mastro da gávea avistou terra. No dia 17, vimos uma grande ilha, ou continente (pois não sabíamos qual seria), no lado sul da qual havia uma pequena porção de terra que se projetava no mar, e um riacho raso demais para servir de porto para um navio de mais de 100 toneladas. Lançamos âncora a uma légua desse riacho, e nosso capitão mandou uma dúzia de homens bem armados no batel, com vasilhames para água, caso a encontrássemos. Pedi licença para ir com eles, a fim de que pudesse ver a terra e descobrir o que fosse possível. Quando chegamos à praia, não vimos nenhum rio ou nascente, nem sinal de habitantes. Nossos homens, portanto, andaram pela costa à procura de um pouco de água doce perto do mar, enquanto eu andei sozinho por cerca de 1,5 quilômetro na direção oposta, observando a terra, muito árida e rochosa. Em seguida, comecei a me sentir muito cansado, e não encontrando nada que aguçasse minha curiosidade, comecei a voltar devagar em direção ao riacho; e tendo o mar bem a minha frente, notei que nossos homens já haviam voltado para o barco e remavam com muita pressa em direção ao navio. Pensei em gritar para chamar a atenção deles, embora achasse que seria em vão, quando observei uma enorme criatura correndo atrás deles no mar, o mais rápido que podia: a água não lhe passava da altura dos joelhos, e dava passos prodigiosos: entretanto, nossos homens tinham meia légua de vantagem e, sendo o mar ali cheio de rochas pontiagudas, o monstro não pôde alcançar o barco. Isso tudo me foi contado depois, pois não ousei ficar para ver o desenrolar da aventura; na verdade, também corri o mais rápido que pude na direção para a qual tinha ido antes, e depois subi uma colina íngreme, que me deu alguma perspectiva daquela terra. Vi que os campos eram totalmente cultivados; todavia, o que mais me surpreendeu de início foi o comprimento da grama, que, naqueles terrenos que pareciam ser mantidos para fazer feno, tinha cerca de 6 metros de altura.

Entrei em uma estrada grande, ou foi o que me pareceu, embora para os habitantes servisse apenas como uma trilha em um campo de cevada. Andei por algum tempo, mas pude ver pouco de ambos os lados, pois era época de colheita e o trigo tinha pelo menos 12 metros. Caminhei por uma hora até o fim desse campo, cercado por uma sebe de pelo menos 36 metros de altura, e as árvores eram tão altas que eu não conseguia calcular sua altura. Havia uma escada separando esse campo do próximo. Tinha quatro degraus e uma pedra no topo que se tinha de vencer. Era impossível para mim subir nessa escada, porque cada degrau tinha no mínimo 1,5 metro de altura e a pedra no alto, cerca de 6 metros. Eu estava tentando encontrar alguma abertura na sebe, quando avistei um dos habitantes no campo próximo avançando em direção à escada, do mesmo tamanho daquela criatura que vira no mar perseguindo nosso barco. Parecia tão alto quanto a torre de um campanário comum, e avançava cerca de dez metros a cada passada, de acordo com meus cálculos. Fui tomado de um grande medo e espanto, e corri para me esconder no meio do trigo, de onde o vi no alto da escada olhando para trás, para o próximo campo à direita, e ouvi-o gritar com uma voz muito mais alta do que uma trombeta: todavia o barulho vinha de um lugar tão alto que a princípio pensei que fosse um trovão. Em seguida, sete monstros semelhantes a ele vieram em sua direção com foices nas mãos, cada uma com o tamanho de 6 gadanhas. Essas pessoas não estavam tão bem-vestidas quanto a primeira, e pareciam ser criados ou peões dela; pois, com algumas palavras que ditas por ela, foram colher o trigo no campo onde eu estava deitado. Tentei me manter afastado deles tanto quanto pude, mas fui forçado a me mover com extrema dificuldade, pois os talos de trigo eram separados um do outro por apenas um pé de distância, de modo que eu mal conseguia apertar meu corpo entre eles. No entanto, esforcei-me para seguir em frente, até chegar a uma parte do campo onde o trigo havia sido derrubado pela chuva e pelo vento. Nesse ponto, era difícil dar um passo adiante; pois os talos estavam tão emaranhados que era impossível me arrastar por entre eles, e a ponta das espigas caídas eram muito fortes e duras, que perfuravam minhas roupas e machucavam minha pele. Ao mesmo tempo, ouvi os ceifadores a menos de 100 metros atrás de mim. Estando muito cansado do esforço e totalmente dominado pela tristeza e pelo desespero, deitei-me entre dois sulcos e desejei sinceramente que meus dias acabassem ali. Chorei pela minha viúva desolada e por meus filhos órfãos. Lamentei minha imprudência e teimosia, ao fazer uma segunda viagem, indo contra os conselhos de todos os meus amigos e parentes. Nessa terrível agitação mental, não pude deixar de pensar em Lilipute, cujos habitantes me consideravam o maior prodígio que já apareceu no mundo; onde eu era capaz de puxar uma frota imperial com a mão e realizar tantos outros feitos, que acredito serão registrados para sempre nas crônicas daquele império, embora a posteridade dificilmente lhes dará crédito, apesar de milhões de testemunhas. Refletia sobre a humilhação que seria para mim parecer tão insignificante nessa nação quanto um liliputiano pareceria a nós. Mas esse, percebi, seria o menor dos meus infortúnios; pois, se as criaturas humanas são consideradas mais selvagens e cruéis de acordo com seu tamanho, o que eu poderia esperar ser senão uma migalha na boca do primeiro desses enormes bárbaros que me capturasse? Sem dúvida, os filósofos estão certos quando nos dizem que nada é grande ou pequeno senão em comparação com algo. A sorte poderia permitir que os liliputianos encontrassem alguma outra nação, onde o povo fosse tão diminuto em relação a eles como eles eram para mim. E, quem sabe, até mesmo essa raça prodigiosa de mortais poderia ser igualmente superada em alguma região distante do mundo por alguma outra que ainda desconhecemos?

Mesmo assustado e confuso como estava, não pude continuar com essas reflexões, pois um dos ceifadores, ao ficar a cerca de dez metros de onde eu estava, fez com que eu temesse ser esmagado sob seu pé num próximo passo, ou ser cortado em dois com sua foice. E, portanto, quando ele estava prestes a se mover, gritei o mais alto que pude, apesar do medo: depois disso, a enorme criatura deu um passo curto e, olhando em volta por algum tempo, finalmente me viu deitado no chão. Em seguida, refletiu por algum tempo, com a cautela de alguém que se esforça para agarrar um pequeno animal perigoso de tal maneira que não seja capaz de arranhá-lo ou mordê-lo, como eu mesmo às vezes fiz com uma doninha na Inglaterra. Por fim, ele se aventurou a me pegar por trás, pelo meio, com o indicador e o polegar, e me trouxe a três metros de seus olhos, para que pudesse contemplar minha forma com mais exatidão. Entendi o que ele queria fazer, e minha sorte me deu tanta presença de espírito, que resolvi não me debater nem um pouco enquanto ele me segurava no ar a cerca de dezoito metros do chão, embora ele me apertasse nas laterais por medo de que eu escapasse por entre seus dedos. Tudo o que arrisquei a fazer foi levantar os olhos em direção ao Sol, juntar minhas mãos em uma postura suplicante e dizer algumas palavras em um tom humilde e melancólico, apropriado à condição em que então estava, pois temia que a qualquer momento ele me jogasse no chão, como costumamos fazer com um animalzinho repulsivo que queremos destruir. Contudo, quis minha boa estrela que ele simpatizasse com a minha voz e meus gestos, e passou a me olhar com curiosidade, ficando admirado ao me ouvir pronunciar as palavras de forma articulada, embora não pudesse entendê-las. Nesse meio--tempo, não pude deixar de gemer e derramar lágrimas, e virar a cabeça para os dois lados; para deixá-lo saber, tão bem quanto podia, como machucava de forma cruel a pressão de seu polegar e indicador. Ele pareceu entender, pois, levantando a lapela de seu casaco, colocou-me com delicadeza ali e imediatamente correu para encontrar seu senhor, um fazendeiro importante e a primeira pessoa que eu havia visto no campo.

O fazendeiro, tendo (como suponho por sua conversa) recebido um relato de seu empregado a meu respeito, pegou um pedaço de palha, do tamanho de um cajado e, com isso, levantou as lapelas do meu casaco; que ele pensava serem algum tipo de cobertura que a natureza me havia dado. Com um sopro afastou meus cabelos para ter uma visão melhor do meu rosto. Chamou seus empregados e lhes perguntou, como depois fiquei sabendo, se já haviam visto nos campos uma criaturinha semelhante a mim. Em seguida, me colocou suavemente de quatro no chão, mas me levantei de imediato e andei devagar para trás e para frente, para que percebessem que não tinha a intenção de fugir. Todos se sentaram em um círculo ao meu redor, para observarem melhor meus movimentos. Tirei meu chapéu e fiz uma pequena reverência ao fazendeiro. Ajoelhei-me e levantei as mãos e os olhos, e disse algumas palavras o mais alto que pude: tirei uma bolsa com ouro do bolso e humildemente lhe ofereci. Ele recebeu-a na palma da mão, depois a aproximou dos olhos para ver o que era, em seguida a revirou várias vezes com a ponta de um alfinete (que tirou da manga), mas não conseguiu entender para que servia. Então fiz um sinal para que ele colocasse a mão no chão. Então peguei a bolsa e, abrindo-a, despejei o ouro na palma de sua mão. Havia seis moedas espanholas de 4 pistolas cada uma, além de 20 ou 30 moedas menores. Eu o vi molhar a ponta do dedo mindinho na língua e pegar uma das moedas maiores, e depois outra; mas pareceu que ele não tinha ideia do que seriam aquelas coisas. Fez um sinal para que eu as colocasse de volta na bolsa e a bolsa de volta no casaco, o que, depois de repetir minha oferta várias vezes, pensei ser o melhor a fazer.

O fazendeiro, a essa altura, estava convencido de que eu deveria ser uma criatura racional. Falou muitas vezes comigo; mas o som de sua voz perfurou meus ouvidos como o ruído de um moinho de água, embora suas palavras fossem bem nítidas. Respondi-lhe o mais alto que pude em várias línguas, e ele muitas vezes colocou o ouvido a dois metros de mim: mas tudo foi em vão, pois éramos totalmente ininteligíveis um ao outro. Então ele deu ordens a seus empregados para voltarem ao trabalho, e tirando um lenço do bolso, dobrou-o e colocou-o na mão esquerda, que pousou no chão com a palma para cima, fazendo-me sinal que eu subisse nele, o que seria fácil, pois não tinha mais do que 30 centímetros de espessura. Pensei que devia obedecer, e, para não cair, deitei-me sobre o lenço, o qual ele dobrou, deixando de fora apenas minha cabeça, para me proteger melhor e assim me levou para sua casa. Lá, chamou pela esposa e me mostrou a ela, que, entretanto, gritou e se afastou, como as mulheres na Inglaterra fazem ao ver um sapo ou uma aranha. No entanto, depois de ter visto meu comportamento por um tempo, e viu como eu entendia bem os sinais que o marido fazia, ela logo se acostumou e, aos poucos, tornou-se extremamente carinhosa comigo.

Era em torno de meio-dia e um empregado trouxe o almoço. Era apenas uma porção substancial de carne (adequada à condição simples de um lavrador), servida em um prato com cerca de 7 metros de diâmetro. O grupo era formado pelo fazendeiro, sua esposa, três filhos e uma avó idosa. Quando todos se sentaram, o fazendeiro me colocou a certa distância dele na mesa, que tinha 9 metros de altura. Eu estava amedrontado demais e me mantive o mais longe possível da beirada, para não cair. A esposa picou um pouco de carne, depois esmigalhou um pouco de pão em uma tábua, cortou a carne e os colocou diante de mim. Fiz uma pequena reverência, peguei minha faca e meu garfo e comecei a comer, o que lhes agradou muito. A senhora mandou a empregada buscar um pequeno cálice, com volume para dois galões, e encheu-o de bebida; peguei o cálice com muita dificuldade usando ambas as mãos, e de um modo muito respeitoso bebi à saúde de sua senhoria, expressando as palavras tão alto quanto eu poderia em inglês, o que fez o grupo rir com tanto gosto, que quase fiquei surdo com o barulho. A bebida tinha gosto de cidra e não era de todo ruim. Depois disso, o senhor fez sinal para que eu me aproximasse de sua tábua; entretanto, enquanto eu caminhava sobre a mesa, estando surpreso o tempo todo, como o leitor indulgente facilmente compreenderá e perdoará, por acaso tropecei em uma crosta e caí de cara na mesa, mas não me machuquei. Levantei-me de imediato, e observando que as boas pessoas estavam preocupadas, peguei meu chapéu (que carregava embaixo do braço como ditam as boas maneiras) e balançando-o sobre a cabeça, dei três vivas para mostrar que não havia me machucado com a queda. Entretanto, avançando em direção ao meu senhor (como a partir de agora o chamarei), seu filho mais novo, que se sentara ao lado dele, um menino malicioso de cerca de 10 anos de idade, pegou-me pelas pernas e me segurou tão alto no ar que tremi por inteiro; todavia, seu pai me arrebatou dele e, ao mesmo tempo, deu-lhe uma tapa na orelha esquerda, que teria derrubado uma tropa inteira de cavalos europeus, ordenando que ele fosse retirado da mesa. Contudo, tendo medo de que o menino pudesse se ressentir, e lembrando bem de como todas as crianças entre nós são naturalmente travessas com pardais, coelhos, gatinhos e cachorros, me ajoelhei e, apontando para o menino, fiz meu senhor entender, tão bem quanto poderia, que desejava que seu filho pudesse ser perdoado. O pai consentiu, e o rapaz retomou seu lugar, então fui até ele e beijei sua mão, que meu senhor segurou, fazendo-o acariciar-me gentilmente.

No meio do almoço, o gato favorito da minha senhora pulou em seu colo. Ouvi um ruído atrás de mim que se parecia com o de uma dúzia de teares em ação; e virando minha cabeça para trás, vi que era o animal a ronronar. Ele parecia ser três vezes maior do que um boi, a julgar pela visão de sua cabeça e de uma das patas, enquanto sua senhora o alimentava e acariciava. A ferocidade na expressão da criatura muito me assustou; embora eu estivesse na extremidade oposta da mesa, a mais de quinze metros de distância; e apesar de a senhora o segurar com firmeza, por medo de que, num pulo, ele me agarrasse com suas garras. Mas não havia perigo, pois o gato não deu a mínima atenção quando meu senhor me colocou a três metros dele. E, como sempre me disseram, e foi comprovado por experiências em minhas viagens, fugir ou demonstrar medo diante de um animal feroz é a maneira certa de fazê-lo nos perseguir ou atacar; resolvi, então, nesse perigoso momento, não demonstrar nenhum tipo de preocupação. Caminhei com intrepidez cinco ou seis vezes diante da cabeça do gato, e cheguei a meio metro dele; em seguida, a criatura recuou, como se tivesse medo de mim: fiquei menos apreensivo em relação aos cães, dos quais três ou quatro entraram na sala, como é comum na casa de fazendeiros; um deles era um mastim, do tamanho de quatro elefantes, outro, um galgo, um pouco mais alto do que o mastim, mas não tão grande.

Quando o almoço estava quase no fim, uma ama entrou com uma criança de 1 ano de idade nos braços, que ao me ver começou uma gritaria que poderia ser ouvida da London Bridge ao Chelsea, usando a oratória habitual de crianças, querendo que eu lhe fosse entregue como um brinquedo. A mãe, por pura indulgência, pegou-me e colocou-me diante de criança, que logo me agarrou pela cintura e colocou minha cabeça em sua boca, mas gritei tão alto que ela se assustou e me deixou cair, e eu teria quebrado o pescoço, se a mãe não tivesse segurado o avental debaixo de mim. A ama, para acalmar o bebê, fez uso de um chocalho que era uma espécie de vaso oco cheio de grandes pedras, preso por um cabo na cintura da criança: porém, tudo foi em vão; de modo que foi forçada a usar o último recurso, dando-lhe de mamar. Devo confessar que nenhum objeto jamais me enojou tanto quanto a visão de seu peito monstruoso, que não tenho com o que comparar de modo a dar ao curioso leitor uma ideia de seu volume, forma e cor. Teria mais de 1,5 metro de altura e, no mínimo, 4,5 de circunferência. O mamilo tinha cerca de metade do tamanho da minha cabeça, e a tonalidade tanto dele quanto da mama era muito variada com manchas, espinhas e sardas, que nada poderia parecer mais nauseante: pois eu estava próximo dele, já que ela estava sentada, o que era mais conveniente para dar de mamar, e eu de pé sobre a mesa. Isso me fez refletir sobre a pele clara de nossas damas inglesas, que parecem tão bonitas para nós, apenas porque são do nosso próprio tamanho, e seus defeitos não podem ser vistos senão através de uma lupa, com a qual descobrimos, por experiência, que mesmo a pele mais lisa e branca parece áspera, grosseira e manchada.

Lembro-me de quando eu estava em Lilipute, a pele daquelas pessoas pequeninas me parecia a mais bela do mundo; e falando sobre esse assunto com um sábio de lá, que era meu amigo íntimo, ele disse que meu rosto parecia muito mais claro e liso quando ele o olhava do chão do que quando eu o pegava na mão e ele tinha uma visão mais próxima, o que, confessou, a princípio foi uma visão muito chocante. Disse que podia ver grandes buracos na minha pele; que as pontas da minha barba eram dez vezes mais fortes do que os pelos de um javali, e minha tez era composta de várias cores totalmente desagradáveis; embora eu deva dizer, por mim mesmo, que minha pele é tão clara quanto a da maioria dos homens do meu país, e bem pouco queimada de sol, apesar de todas as minhas viagens. Por outro lado, discorrendo a respeito das damas da corte daquele imperador, ele costumava me dizer: "uma tinha sardas; outra, uma boca muito larga; a terceira, um nariz muito grande" e nada disso eu fui capaz de perceber. Confesso que essa reflexão era bastante óbvia; no entanto, mesmo assim não era possível para mim pensar de outra forma, e o leitor não pense que aquelas enormes criaturas eram realmente deformadas: pois devo fazer-lhes justiça e dizer que são uma raça de pessoas graciosas, em particular, as características do meu senhor; ainda que ele fosse apenas um fazendeiro, quando eu o via a dezoito metros de altura, pareciam muito proporcionais.

Quando o almoço terminou, meu senhor saiu para falar com seus empregados e, como percebi por sua voz e por seus gestos, encarregou sua esposa de cuidar de mim. Eu estava muito cansado e disposto a dormir, o que minha senhora percebeu, pois me colocou em sua cama e cobriu-me com um lenço branco limpo, porém maior e mais grosseiro do que a vela mestra de um navio de guerra.

Dormi cerca de duas horas e sonhei que estava em casa com minha esposa e meus filhos, o que agravou meu pesar quando acordei e me vi sozinho em um enorme quarto, que tinha entre 60 e 90 metros de largura, e mais de 60 de altura, deitado em uma cama de 18 metros de largura. Minha senhora tinha ido cuidar de seus afazeres domésticos, e tinha me deixado trancado. A cama ficava a sete metros do chão. Algumas necessidades naturais exigiam que eu descesse; não me atrevi a gritar; e mesmo que o tivesse feito teria sido em vão, com uma voz como a minha e de uma distância tão grande, do quarto onde eu dormia até a cozinha onde a família estava. Enquanto eu estava nessas circunstâncias, dois ratos subiram as cortinas e subiram na cama, farejando tudo. Um deles quase tocou meu rosto, fazendo com que eu me levantasse assustado e desembainhasse meu punhal para me defender. Aqueles animais horríveis tiveram a ousadia de me atacar de ambos os lados, e um deles pôs sua pata dianteira no meu colarinho; todavia, tive a sorte de rasgar o ventre dele antes que pudesse me fazer qualquer mal. Ele caiu a meus pés; e o outro, vendo o destino de seu camarada, fugiu, mas não sem um ferimento nas costas, que lhe causei enquanto escapava, deixando um rastro de sangue para trás. Depois dessa façanha, andei suavemente de um lado para o outro na cama, para recuperar meu fôlego e meu ânimo. Tais criaturas eram do tamanho de um grande mastim, entretanto, infinitamente mais ágeis e ferozes; de modo que, se eu tivesse tirado meu cinto antes de dormir, com certeza teria sido despedaçado e devorado. Medi a cauda do rato morto, e descobri que tinha pouco menos de 2 metros de comprimento; mas não tive estômago para arrastar a carcaça para fora da cama, onde ele ainda sangrava; percebi que ainda lhe restava alguma vida, mas com um forte golpe no pescoço, dei cabo dele.

Logo em seguida, minha senhora entrou no quarto, e ao me ver coberto de sangue, correu e me pegou em sua mão. Apontei para o rato morto, sorrindo e fazendo outros sinais para mostrar que não estava ferido; ela ficou muito contente e chamou a empregada para que recolhesse o rato morto com uma pinça e o jogasse pela janela. Em seguida, me colocou em uma mesa, onde lhe mostrei meu punhal ensanguentado, e limpando-o na lapela do meu casaco, o coloquei de volta na bainha. Precisava fazer mais de uma coisa que nenhuma outra pessoa poderia fazer por mim e, portanto, esforcei-me para que a senhora entendesse que eu desejava ser posto no chão; quando ela o fez, minha timidez não permitiu que eu me expressasse senão apontando para a porta e fazendo várias reverências. A boa mulher, com muita dificuldade, por fim percebeu o que eu queria e, pegando-me novamente com a mão, foi até o jardim, onde me deixou. Afastei-me cerca de cento e oitenta metros e fazendo sinal para que não olhasse ou me seguisse, escondi-me entre duas folhas de azeda, e ali aliviei-me.

Espero que o gentil leitor me perdoe por me alongar nesses e em outros detalhes semelhantes, que, por mais insignificantes que pareçam às mentes vulgares, certamente ajudarão o filósofo a ampliar seus pensamentos e sua imaginação, e empregá-los em benefício da vida pública e da privada, que foi meu único objetivo ao apresentar este e outros relatos de minhas viagens pelo mundo; em que tenho sido muito diligente com a verdade, sem afetar quaisquer ornamentos de aprendizado ou de estilo. Mas toda a cena desta viagem causou uma impressão tão forte em minha mente e está tão fixada em minha memória que, ao registrá-la no papel, não omiti nenhuma circunstância material: no entanto, depois de uma revisão rigorosa, eliminei várias passagens irrelevantes que estavam no primeiro rascunho, por medo de ser considerado tedioso e insignificante, do que os viajantes são, com frequência, talvez não injustamente, acusados.

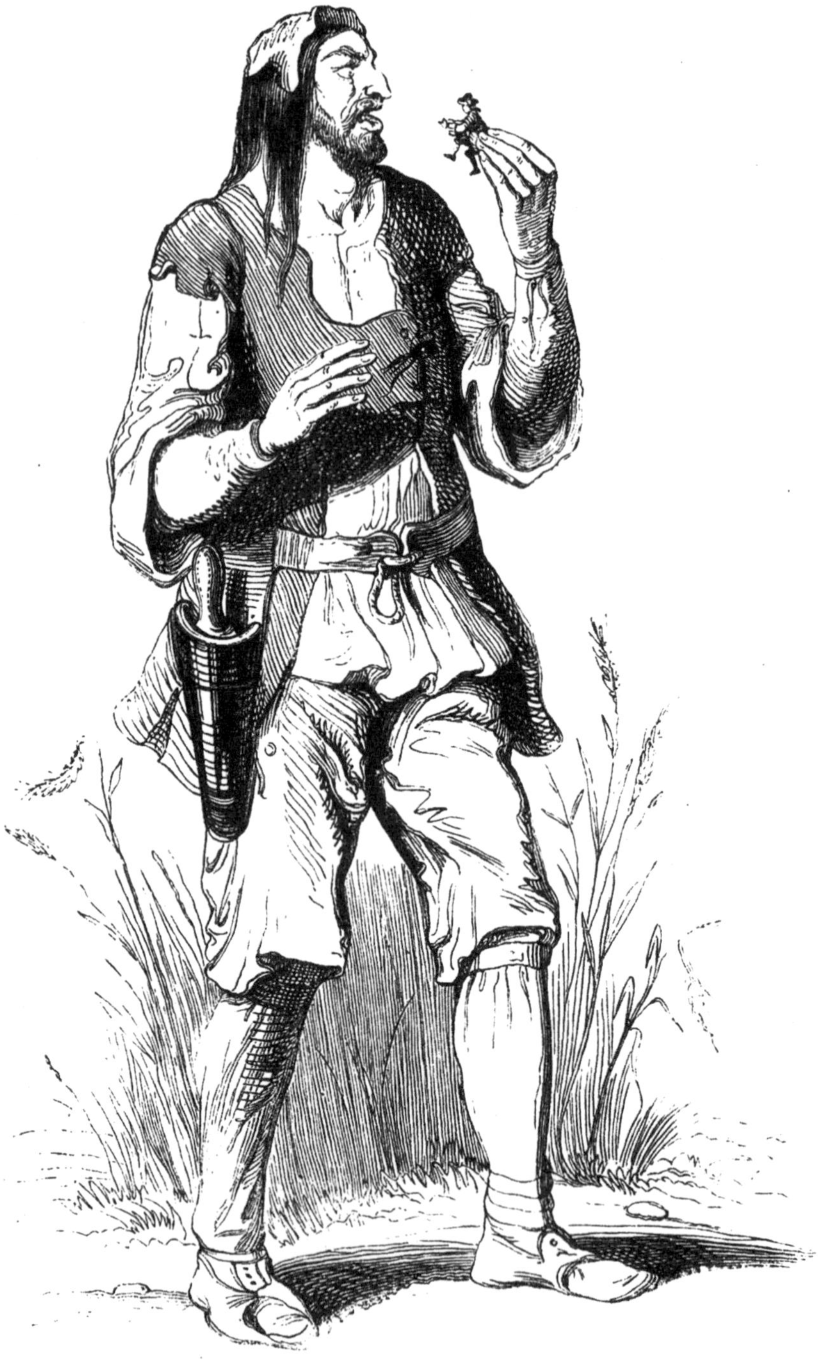

CAPÍTULO II

Descrição da filha do fazendeiro.
O autor é levado a uma feira
e em seguida à metrópole.
Detalhes de sua viagem.

Minha senhora tinha uma filha de 9 anos de idade, uma criança bastante prendada para sua idade, muito destra com a agulha e hábil em vestir sua boneca. Sua mãe e ela arrumaram o berço da boneca para que eu dormisse nele à noite: o berço foi colocado em uma pequena gaveta do armário, e esta foi posta em uma prateleira suspensa para me proteger dos ratos. Essa foi a minha cama durante todo o tempo em que vivi com essas pessoas, embora aos poucos se tornasse mais conveniente, à medida que comecei a aprender sua língua e expressar meus desejos. Essa jovem era tão habilidosa que, depois que me despi uma ou duas vezes diante dela, ela aprendeu a me vestir e a me despir, ainda que eu nunca lhe desse esse trabalho quando ela me deixava fazê-lo sozinho. Ela me fez sete camisas, e roupa de baixo do tecido mais fino que pôde encontrar, o qual, na verdade, era mais grosseiro do que pano para fazer saco; e as roupas ela constantemente as lavava para mim com as próprias mãos. Ela também foi minha professora e ensinou-me a língua:

quando eu apontava para alguma coisa, ela me dizia o nome em seu idioma, de modo que em alguns dias eu era capaz de pedir o que precisava. Era muito amável, e não tinha mais que 12 metros de altura, sendo pequena para sua idade. Ela me deu o nome de *Grildrig*, que a família adotou, e depois todo o reino. A palavra significa o que os latinos chamam de *nanunculus*, os italianos de *homunceletino* e os ingleses de *mannikin*.[2] A ela devo, principalmente, minha preservação naquele país: nunca nos separamos enquanto eu estive lá; eu a chamava de minha Glumdalclitch, ou pequena ama; e seria culpado de grande ingratidão se omitisse essa menção honrosa a seus cuidados e carinho para comigo, que eu sinceramente desejaria poder retribuir tal como merece, em vez de ser o instrumento inocente, porém infeliz, de sua desgraça, como tenho muitas razões para temer.

 Começou a se espalhar na vizinhança que meu senhor havia encontrado um animal estranho no campo, do tamanho aproximado de um *splacnuck*, mas moldado em cada parte exatamente como uma criatura humana; a qual ele também imitava em todas as suas ações; parecia falar em uma pequena linguagem própria, já havia aprendido várias palavras da língua deles, andava sobre duas pernas, era manso e gentil, atendia quando chamado, fazia o que lhe era solicitado, tinha os membros mais finos do mundo e a tez mais clara do que a da filha de 3 anos de idade de um nobre. Outro fazendeiro, que morava por perto, e era amigo íntimo do meu senhor, veio visitá-lo com o propósito de investigar a verdade dessa história. Fui imediatamente apresentado a ele e posto sobre uma mesa, onde andei como me foi ordenado, desembainhei meu punhal, guardei-o, fiz minha reverência ao convidado do meu senhor, perguntei-lhe, em sua língua, como estava, e disse-lhe *que era bem-vindo*, assim como minha pequena ama havia me ensinado. Esse homem, que era velho e enxergava mal, colocou os

---

2 Homem pequeno, anão. (N.T.)

óculos para me ver melhor; ao que não puder deixar de rir muito, pois seus olhos pareciam a lua cheia brilhando em um quarto de duas janelas. Nosso povo, ao descobrir a causa da minha alegria, acompanhou-me na risada; o velho, que era tolo o bastante para isso, ficou com raiva e emburrado. Tinha o caráter de um avarento; e, para minha infelicidade ele bem a merecia, pois aconselhou meu senhor a me exibir como uma curiosidade no dia da feira da cidade vizinha, que ficava a meia hora de distância de lá, cerca de 35 quilômetros da nossa casa. Notei que tramavam alguma coisa quando observei meu mestre e seu amigo cochichando, às vezes apontando para mim; e meus medos me fizeram imaginar que eu ouvia e entendia algumas de suas palavras. Mas, na manhã seguinte, Glumdalclitch, minha ama, contou-me a trama toda, que arrancou de sua mãe com muita habilidade. A pobre menina colocou-me em seu colo e chorou de vergonha e pesar. Ela temia que algum mal me acontecesse, causado pelas pessoas rudes e vulgares, que poderiam me esmagar até a morte, ou quebrar um de meus membros ao me pegar com as mãos. Ela também observou como era recatada a minha natureza, como eu considerava minha honra, e que indignidade seria para mim ser exposto em troca de dinheiro, como um espetáculo público para as pessoas mais cruéis. Ela disse que seu papai e sua mamãe lhe haviam prometido que *Grildrig* seria dela, porém agora descobrira que pretendiam fazer a mesma coisa que haviam feito no ano anterior, quando fizeram de conta que lhe davam um cordeiro, e, no entanto, assim que ele engordou, venderam-no para o açougueiro. De minha parte, posso afirmar com sinceridade que estava menos preocupado do que minha ama. Eu tinha uma forte esperança, que nunca me abandonou, de que um dia eu recuperaria minha liberdade; e quanto à ignomínia de ser carregado de um lado para o outro como um monstro, eu me considerava um perfeito estranho naquela terra, e que tal infortúnio nunca poderia ser atribuído a mim como acusação, se alguma vez eu voltasse para a Inglaterra, já que o próprio rei da Grã-Bretanha, na minha situação, teria sofrido a mesma angústia.

Meu senhor, seguindo o conselho de seu amigo, me levou em uma caixa no dia de feira seguinte para a cidade vizinha, acompanhado de sua filha pequena, minha ama, na garupa. A caixa era fechada em todos os lados, com uma portinha para que eu entrasse e saísse, e alguns furos feitos com verruma para que o ar entrasse. A menina havia tido o cuidado de colocar a colcha da cama de sua boneca para eu me deitar. No entanto, fui terrivelmente sacudido e descomposto nessa jornada, ainda que durasse apenas meia hora: pois o cavalo fazia cerca de doze metros por passo e trotava com passos tão altos, que a agitação era igual ao subir e descer de um navio em uma grande tempestade, só que muito mais frequente. Nossa jornada foi um pouco mais longa do que ir de Londres a St. Alban. Meu senhor parou em uma estalagem que costumava frequentar, e depois de conversar um pouco com o dono do lugar e fazer alguns preparativos necessários, contratou o *grultrud*, ou pregoeiro, para espalhar por toda a cidade a notícia da existência de uma criatura estranha que seria vista na estalagem Green Eagle, um pouco menor do que um *splacnuck* (um animal daquela terra, moldado com primor, de cerca de 1,5 metro de comprimento) e com todas as partes do corpo semelhantes às de uma criatura humana, capaz de dizer várias palavras e fazer uma centena de truques divertidos.

Fui posto sobre uma mesa na maior sala da estalagem, que devia ter quase 28 m2. Minha pequena ama ficou em um banquinho baixo perto da mesa, para cuidar de mim e me dizer o que eu deveria fazer. Meu senhor, para evitar uma multidão, só permitia que apenas 30 pessoas por vez me vissem. Andei sobre a mesa como a menina ordenou; me fez perguntas, até onde sabia que era possível o meu entendimento da língua, e eu as respondi o mais alto que pude. Virei-me várias vezes para o público, saudei-o respeitosamente, disse-lhes que eram bem-vindos e repeti algumas outras frases que tinham me ensinado. Peguei um dedal cheio de licor, que Glumdalclitch me deu para servir de copo, e bebi à saúde de todos, saquei meu punhal e fiz um floreio com ele à maneira dos esgrimistas na Inglaterra. Minha ama me deu um pedaço de palha, que brandi como uma lança, tendo aprendido essa arte na minha juventude. Naquele dia fui exibido a 12 grupos de espectadores, e muitas vezes forçado a encenar novamente as mesmas tolices, até estar meio morto de cansaço e irritação; pois aqueles que me viram fizeram relatos tão maravilhosos que as pessoas estavam prestes a quebrar as portas para entrar. Meu senhor, por seu interesse, não deixava que ninguém me tocasse, exceto minha ama; e, para evitar o perigo, bancos foram colocados ao redor da mesa a uma distância que me deixava fora do alcance de todos No entanto, um menino azarado lançou uma avelã diretamente na minha cabeça, errando por pouco; e o fez com tanta violência, que teria estourado meu cérebro caso o acertasse, pois a avelã era quase tão grande quanto uma pequena abóbora; todavia, tive a satisfação de ver o jovem desonesto apanhar e ser expulso da sala.

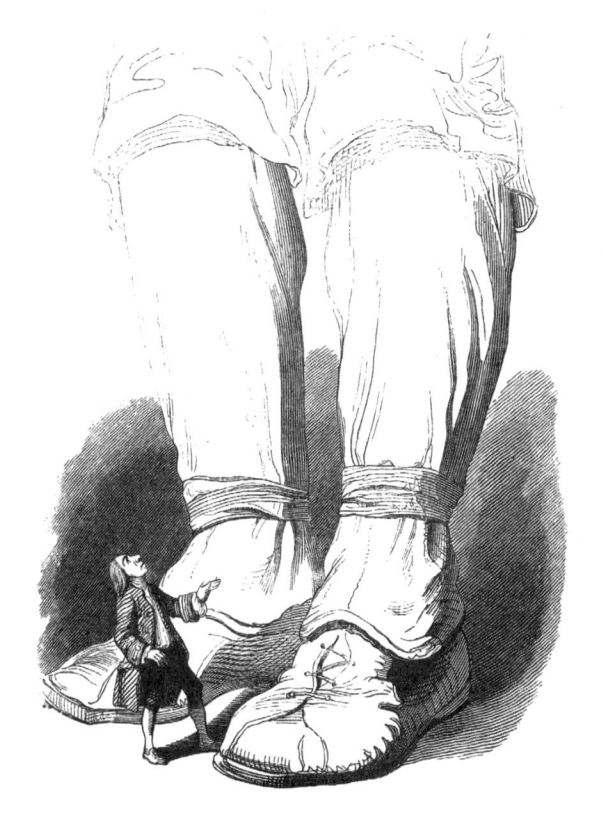

Meu senhor avisou o público de que ele me exibiria novamente no próximo dia de feira; e, enquanto isso, preparou um veículo conveniente para mim, e o fez por um bom motivo; pois eu estava tão cansado da primeira viagem e de entreter os grupos por oito horas seguidas, que mal conseguia ficar de pé ou dizer uma palavra. Levei pelo menos três dias para recuperar minhas forças; e contribuindo para eu não ter descanso em casa, todos os cavalheiros vizinhos num raio de cem quilômetros, ouvindo sobre minha fama, vieram me ver na própria casa do meu senhor. Não havia menos de 30 pessoas, contando as esposas e crianças (pois aquela terra era muito populosa) e meu senhor cobrava o preço de uma sala cheia sempre que me exibia em casa, mesmo quando era havia uma única família. Desse modo, por algum tempo eu pude descansar nos dias da semana (exceto às quartas-feiras, que era o domingo deles), ainda que fosse levado para a cidade.

Meu senhor, tendo percebido o quanto eu seria lucrativo, resolveu me levar a todas as cidades mais importantes do reino. Desse modo, abasteceu-se de todas as coisas necessárias para uma longa jornada e resolveu seus assuntos em casa, despedindo-se de sua esposa e, no dia 17 de agosto de 1703, cerca de dois meses depois de minha chegada, partimos para a metrópole, situada perto da região central daquele império, e a quase 5 mil quilômetros de distância de nossa casa. Meu senhor fez com que sua filha, Glumdalclitch, fosse montada atrás dele. Ela me carregava no colo, em uma caixa amarrada ao redor da cintura. A menina havia forrado a caixa de todos os lados com o pano mais macio que encontrou, com uma colcha por baixo, e nessa caixa colocou a cama de sua boneca, com roupa de cama e outras necessidades, tornando tudo o mais conveniente possível. Não tínhamos outra companhia a não ser um menino da casa, que vinha atrás com a bagagem.

O plano do meu senhor era me exibir em todas as cidades ao longo do caminho, e desviar-se da estrada até cerca de 160 quilômetros, para chegar a qualquer vila ou mesmo até a casa de alguém importante, onde pudesse encontrar público. Fizemos viagens curtas, sem passar de doze quilômetros por dia; pois Glumdalclitch, a fim de me poupar, reclamava de que estava cansada com o trote do cavalo. Ela me tirava com frequência da caixa, quando eu lhe pedia, para que pudesse respirar, e para me mostrar a região, todavia sempre me mantinha preso a uma corda. Atravessamos cinco ou seis rios, muito mais largos e profundos do que o Nilo ou o Ganges: e dificilmente havia um riacho tão pequeno quanto o Tâmisa na altura da London Bridge. Estávamos há dez semanas em nossa jornada, e eu havia sido exibido em dezoito cidades grandes, além de muitas aldeias e casas particulares.

Em 26 de outubro, chegamos à metrópole, chamada em seu idioma de *Lorbrulgrud*, ou orgulho do universo. Meu senhor se instalou na rua principal da cidade, não muito longe do palácio real, e distribuiu folhetos de propaganda como de costume, com uma descrição exata da minha pessoa e de minhas habilidades. Alugou um grande salão, com cerca de 100 a 120 metros de largura. Conseguiu uma mesa de 18 metros de diâmetro, sobre a qual eu devia fazer minha apresentação, e cercou-a com uma paliçada a um metro de distância da borda e com um metro de altura, para evitar que eu caísse. Fui exibido dez vezes ao dia, para o espanto e a satisfação de todas as pessoas. Agora eu já podia falar a língua razoavelmente bem, e entendia muito bem todas as palavras que me eram dirigidas. Além disso, já havia aprendido o alfabeto deles, e podia com algum esforço explicar uma frase aqui e ali; pois Glumdalclitch tinha sido minha professora quando estávamos em casa; e nas horas de lazer durante a nossa viagem. Ela carregava um pequeno livro no bolso, não muito maior do que um Atlas de Sanson;[3] era um tratado comum para o uso de meninas, com um breve relato de sua religião: com esse livro ela me ensinou as letras e interpretava as palavras.

---

3   Nicolas Sanson foi um historiador e cartógrafo francês. Provavelmente o atlas mencionado refere-se ao *Atlas Nouveau*, um compilado dos mapas de Sanson feito por Hubert Jaillot em 1692. (N.T.)

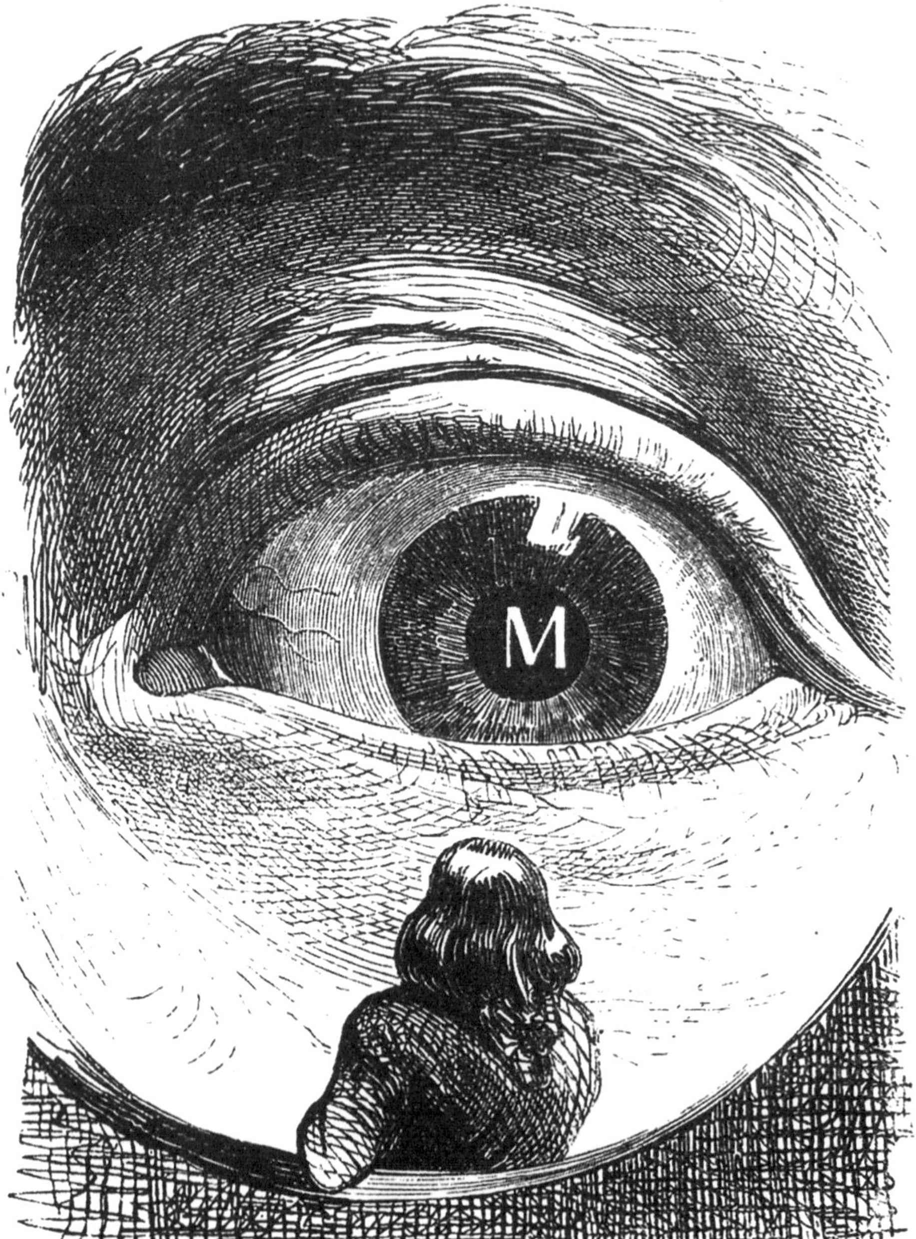
M

CAPÍTULO III

O autor é chamado pela corte.
A rainha o compra de seu senhor,
o fazendeiro, e o apresenta ao
rei. Ele discute com os sábios de
Sua Majestade. Aposentos são
preparados para o autor na corte.
Ele cai nas graças da rainha.
Defende a honra de seu país.
Suas desavenças com o anão
da rainha.

O trabalho frequente que realizava todos os dias causara, em poucas semanas, uma mudança considerável em minha saúde: quanto mais meu senhor ganhava a minha custa, mas insaciável ele se tornava. Eu já tinha perdido a barriga e quase me transformei em uma caveira. O fazendeiro percebeu, e concluindo que em breve eu morreria, resolveu aproveitar-se de mim o quanto podia. Ele estava fazendo as contas quando um *sardral*, ou cavalheiro-escudeiro, veio da corte, com ordens para que meu senhor me levasse imediatamente para lá a fim de divertir a rainha e suas damas. Algumas delas já haviam me visto e feito relatos estranhos a respeito da minha beleza, meu comportamento e meu bom senso.

Sua Majestade, e aqueles que a acompanhavam, ficaram satisfeitos de maneira imensurável com meu comportamento. Ajoelhei-me e implorei pela honra de beijar seu pé imperial, mas essa graciosa princesa estendeu o mindinho em minha direção, depois que fui posto em uma mesa, o qual abracei com ambos os braços e cuja ponta levei, com o máximo de respeito, até os lábios. Ela me fez algumas perguntas gerais sobre meu país e minhas viagens, as quais respondi com clareza e de forma resumida. Perguntou se eu gostaria de viver na corte. Fiz uma reverência, abaixando-me até tocar a mesa, e respondi com humildade que era o escravo do meu senhor, mas, se pudesse escolher, eu ficaria orgulhoso de devotar minha vida a serviço de Sua Majestade. Em seguida, ela perguntou a meu senhor se ele estaria disposto a me vender por um bom preço. Ele, julgando que eu não viveria mais um mês, estava pronto a se livrar de mim e cobrou mil moedas de ouro, que lhe foram entregues de imediato, sendo cada uma do tamanho de 800 moidores;[4] entretanto, levando-se em conta a proporção de todas as coisas daquele país e as da Europa, e o alto preço do ouro entre eles, eu valeria bem menos que mil guinéus[5] na Inglaterra. Então disse à rainha que, sendo agora a mais humilde criatura e vassalo de Sua Majestade, deveria lhe pedir o favor de permitir que Glumdalclitch, que sempre cuidou de mim com tanto carinho e gentileza, e sabia como fazê-lo muito bem, fosse admitida a seu serviço, para continuar sendo minha ama e professora.

Sua Majestade concordou com meu pedido e conseguiu o consentimento do fazendeiro com facilidade, que ficou contente por ver sua filha benquista na corte, e a própria menina não podia esconder sua alegria. Meu antigo senhor partiu, despedindo-se de mim e dizendo que tinha me deixado em boa situação; ao que não respondi nada, limitando-me a fazer uma pequena reverência.

---

4 Moidore é um antigo termo inglês usado para descrever moedas de ouro que tinham origem portuguesa. (N.T.)
5 Guinéu foi a principal moeda inglesa entre os séculos XVII e XIX. (N.T.)

A rainha notou minha frieza e, quando o fazendeiro saiu do recinto, perguntou-me a razão. Eu me atrevi a dizer a sua Majestade que não devia outro favor a meu antigo senhor que não o de não ter estourado os miolos de uma pobre criatura inofensiva, encontrada por acaso em seus campos, favor esse amplamente recompensado pelo lucro que ele tinha acumulado ao me exibir em metade do reino, além do preço pelo qual me vendera. Que a vida que eu levara desde então era trabalhosa o suficiente para matar um animal com dez vezes a minha força. Que minha saúde estava muito debilitada, pelo trabalho contínuo de entreter a multidão o dia todo; e que, se meu senhor não tivesse pensado que minha vida estava por um fio, Sua Majestade não teria conseguido me comprar por valor tão baixo. Contudo, não temia ser maltratado sob a proteção de uma imperatriz tão grande e tão boa, o ornamento da natureza, a querida do mundo, o deleite de seus súditos, a fênix da criação; portanto, eu esperava que as apreensões do meu antigo senhor fossem infundadas, pois já sentia meu espírito reanimar-se, devido à influência de sua respeitável presença. Esse foi o resumo de meu discurso, proferido com grandes impropriedades e hesitações. A última parte enquadrou-se totalmente no estilo peculiar daquele povo, recorrendo a algumas expressões que Glumdalclitch havia me ensinado, enquanto me levava à corte.

A rainha, sendo muito tolerante com os erros na minha fala, surpreendeu-se, no entanto, com tanta inteligência e bom senso em um ser tão diminuto. Tomou-me em suas mãos e me levou ao rei, que estava em seu gabinete. Sua Majestade, um príncipe de muita seriedade e semblante austero, não notando muito bem minha forma à primeira vista, perguntou à rainha de um modo frio há quanto tempo ela não se apegava a um *splacnuck*, pois me confundiu com um, já que eu estava deitado de bruços na mão direita de Sua Majestade. Contido, essa princesa, que tem uma dose infinita de inteligência e humor, colocou-me suavemente de pé sobre a escrivaninha e ordenou que eu fizesse à Sua Majestade um relato de quem eu era, o que eu fiz em poucas palavras:

e Glumdalclitch, que a aguardava à porta do gabinete, e não podia suportar que eu ficasse fora de sua vista, ao ser admitida, confirmou tudo o que tinha se passado desde a minha chegada à casa de seu pai.

O rei, embora fosse uma pessoa tão instruída quanto qualquer outra em seus domínios e tivesse sido educado no estudo da filosofia e, em particular, da matemática, no entanto, quando observou minha forma com atenção e me viu andar ereto, antes de eu começar a falar, imaginou que eu fosse um mecanismo de relógio (que naquele país atingiu uma perfeição enorme) inventado por algum artista engenhoso. Todavia, ao ouvir minha voz e perceber que o que eu dizia era sensato e racional, não pôde esconder seu espanto. Ele não ficou satisfeito de forma nenhuma com o relato que lhe fiz sobre o modo como entrei em seu reino; na verdade, achou que era uma história combinada entre Glumdalclitch e seu pai, o qual me teria ensinado um conjunto de palavras para me vender a um preço melhor. Acreditando nessa ideia, fez-me várias outras perguntas e ainda recebia respostas racionais, sem nenhum defeito a não ser o meu sotaque estrangeiro e o conhecimento imperfeito da língua, com algumas frases rústicas que eu tinha aprendido na casa do fazendeiro e que não eram adequadas ao estilo educado de uma corte.

Sua Majestade mandou chamar três grandes estudiosos, que estavam naquela semana à disposição do rei, de acordo com o costume naquele país. Esses cavalheiros, depois de terem examinado minha forma com muita minúcia, expressaram opiniões diferentes a meu respeito. Todos concordaram que eu não podia ser produzido de acordo com as leis regulares da natureza, porque eu não era dotado da capacidade de preservar minha vida, nem pela rapidez, nem por escalar árvores, muito menos cavar buracos na terra. Com base na observação de meus dentes, que examinaram minuciosamente, que eu era um animal carnívoro; no entanto, sendo a maior parte dos quadrúpedes capaz de me superar, e os ratos de campo, e alguns outros, muito ágeis, não podiam imaginar como eu era capaz de me sustentar, a menos que eu me alimentasse de caracóis e outros insetos, o que provaram por meio de muitos argumentos eruditos, que eu não podia fazer. Um desses sábios parecia pensar que eu era um embrião ou um aborto. Entretanto, essa opinião foi rejeitada pelos outros dois, que notaram que meus membros eram perfeitos e bem formados; e que eu já tinha vivido muitos anos, como podiam ver pela minha barba, cujos pontas puderam observar com uma lupa. Eles não acreditavam que eu fosse um anão, porque minha pequenez estava além de todos os graus de comparação; pois o anão favorito da rainha, o menor já visto naquele reino, tinha quase 9 metros de altura. Depois de muito debate, concluíram por unanimidade que eu era apenas um *relplum scalcath*, que significa literalmente *lusus naturæ*;[6] uma determinação exatamente de acordo com a filosofia moderna da Europa, cujos professores, desdenhando da antiga "evasão de causas ocultas", por meio da qual os seguidores de Aristóteles tentaram em vão disfarçar sua ignorância, inventando essa maravilhosa solução de todas as dificuldades que impedem o indizível progresso do conhecimento humano.

Depois de tal conclusão decisiva, implorei que me permitissem dizer uma ou duas palavras. Dirigi-me ao rei e assegurei à Sua Majestade que vinha de um país com milhões de pessoas de ambos os sexos, e da minha estatura; onde os animais, as árvores e as casas, estavam todos em proporção, e onde, por consequência, eu era capaz de me defender e de encontrar sustento, como qualquer um dos súditos de Sua Majestade podia fazer aqui; o que considerei uma resposta adequada a todos os argumentos daqueles cavalheiros. A isso, eles só responderam com um sorriso de desprezo, dizendo que o fazendeiro me instruíra muito bem na minha lição. O rei, que tinha um entendimento muito melhor, dispensando seus sábios, mandou buscar o fazendeiro, que por sorte ainda não havia

---

6 Do latim, aberração da natureza. (N.T.)

saído da cidade. Examinando-o primeiro em particular, e depois confrontando-o comigo e com a menina, Sua Majestade começou a pensar que o que lhe havíamos dito talvez fosse verdade. Pediu que a rainha ordenasse que um cuidado especial me fosse dispensado; e era de opinião de que Glumdalclitch deveria continuar em seu ofício de cuidar de mim, porque observou que tínhamos um grande carinho um pelo outro. Um aposento conveniente foi fornecido a ela na corte, que tinha uma espécie de preceptora encarregada de cuidar de sua educação, uma empregada para vesti-la e duas outras para os serviços braçais; quanto a mim, cabiam a ela todos os meus cuidados. A rainha ordenou que seu marceneiro fizesse uma caixa que pudesse me servir de quarto, segundo o modelo que Glumdalclitch e eu decidíssemos. Esse homem era um artista muito engenhoso e, de acordo com minhas instruções, em três semanas me fez um quarto de madeira de 1,5 m2, e 1 m de altura, com janelas de caixilhos, uma porta e dois armários, tal como um quarto londrino. A tábua que fazia as vezes de teto podia ser aberta e fechada por duas dobradiças, para que uma cama já decorada pelo tapeceiro de Sua Majestade fosse ali colocada, cama essa que Glumdalclitch retirava todo dia para arejá-la, com as próprias mãos, e recolocava em seu lugar à noite, trancando o teto sobre mim. Um bom artesão, famoso por fazer pequenos objetos interessantes, comprometeu-se a me fazer duas cadeiras, com encosto e estrutura, de uma substância não muito diferente do marfim, e duas mesas, com uma gaveta para colocar minhas coisas. O quarto era acolchoado em todos os lados, bem como no chão e no teto, para evitar qualquer acidente a pretexto do descuido daqueles que me carregavam e para evitar a força dos solavancos, quando eu andasse em alguma carruagem. Pedi uma fechadura para minha porta, para evitar que ratos e camundongos entrassem. O ferreiro, depois de várias tentativas, fez a menor que já foi vista entre eles, pois já tinha visto um maior no portão de uma casa de um cavalheiro na Inglaterra. Decidi manter a chave no meu bolso, pois temia que Glumdalclitch a perdesse. A rainha também encomendou as sedas mais finas que pudessem ser obtidas, para me fazer roupas, não muito mais grossas do que um cobertor inglês, mas muito pesadas, até que eu me acostumasse a elas. Eles seguiam a moda do reino, em parte lembrando a persa, em parte a chinesa, sendo trajes muito sérios e decentes.

A rainha se apegou tanto a mim que não almoçava sem a minha presença. Fizeram-me uma mesa para ser posta sobre a de Sua Majestade, bem a sua esquerda, e uma cadeira. Glumdalclitch ficava em pé em um banquinho no chão, perto da minha mesa, para me ajudar e cuidar de mim. Eu tinha um conjunto de pratos e louças de prata, e outros itens, que, em proporção aos da rainha, não eram muito maiores do que os que vi em uma loja de brinquedos em Londres para mobiliar uma casa de boneca: esses utensílios minha pequena ama guardava no bolso em uma caixa de prata, e me entregava durante as refeições conforme eu pedia, sempre limpando-os ela mesma. Ninguém jantava com a rainha além de duas princesas reais, a mais velha tinha 16 anos, e a mais nova naquela época, 13 anos e um mês. Sua Majestade costumava colocar um pouco de carne em um dos meus pratos, que eu cortava sozinho, e sua diversão era me ver comer em miniatura: pois a rainha (que tinha, na verdade, um estômago fraco) pegava, de uma vez, tanto quanto uma dúzia de fazendeiros ingleses comeriam em uma refeição, o que para mim foi, por algum tempo, uma visão nauseante. Ela mastigava a asa de uma cotovia, com ossos e tudo, entre os dentes, embora fossem nove vezes maiores do que a de um peru adulto, e colocava um pedaço de pão na boca tão grande quanto dois pães de 12 centavos. Bebia em uma taça de ouro, e cada gole equivalia a um barril. Suas facas eram duas vezes mais longas do que uma foice endireitada, além do cabo. As colheres, os garfos e outros instrumentos eram todos proporcionais. Lembro-me de quando Glumdalclitch me levou, por curiosidade, para ver algumas das mesas na corte, onde dez ou doze dessas enormes facas e garfos eram levantados ao mesmo tempo, e pensei que nunca tinha visto cena tão terrível.

É costume de toda quarta-feira (que, como observei, é o domingo deles) o rei e a rainha, com os herdeiros reais de ambos os sexos, almoçarem juntos nos aposentos de Sua Majestade, de quem agora eu me tornara um grande favorito; e, nesses momentos, minha cadeira e mesa eram colocadas à sua mão esquerda, diante de um dos saleiros. Esse príncipe gostava de conversar comigo, perguntando-me sobre os costumes, a religião, as leis, o governo e o saber da Europa; e eu lhe contava da melhor maneira que podia. Sua compreensão era tão clara e seu julgamento tão exato, que fazia reflexões e observações muito sábias sobre tudo o que eu dizia. Mas confesso que, depois de ter sido um pouco prolixo ao falar do meu amado país, de nosso comércio, de guerras em terra e mar, de nossas cismas religiosas e dos partidos políticos no Estado, dos preconceitos de sua educação que prevaleceram, ele não pôde deixar de me pegar com a mão direita e, acariciando-me suavemente com a outra, depois de um forte ataque de risos, e perguntar-me se eu era Whig ou Tóri.[7] Em seguida, dirigindo-se a seu primeiro-ministro, que estava atrás dele com um cajado branco, quase tão alto quanto o mastro principal do Royal Sovereign, comentou como era desprezível a grandeza humana, que podia ser imitada por insetos diminutos como eu, e ainda, disse ele, "atrevo-me a dizer que essas criaturas têm seus títulos e distinções de honra; eles inventam pequenos ninhos e tocas, que chamam de casas e cidades; e causam boa impressão com suas roupas e equipamentos; eles amam, lutam, disputam, trapaceiam, traem!". E assim ele continuou, enquanto eu enrubescia e empalidecia várias vezes, indignado de ouvir nosso nobre país, senhor das artes e das armas, flagelo da França, árbitro da Europa, sede da virtude, piedade, honra e verdade, o orgulho e inveja do mundo, ser tão desdenhosamente tratado.

---

7 Dois partidos ingleses, o primeiro é liberal e o segundo conservador. (N.T.)

Entretanto, como eu não estava em condições de me ressentir dos insultos, então, com pensamentos maduros, comecei a duvidar se me sentia realmente ofendido. Pois, depois de ter me acostumado durante vários meses à visão e à conversa daquele povo, e de ter observado que todos os objetos eram de magnitude proporcional, o horror que tinha sentido de início por conta do seu tamanho e aspecto tinha se dissipado há tanto tempo que se eu tivesse, naquele momento, visto um grupo de senhoras e senhores ingleses em suas roupas elegantes para ocasiões especiais, desempenhando seus vários papéis na maneira mais cortês de se pavonear, e fazendo reverências e tagarelando, para dizer a verdade, eu ficaria fortemente tentado a rir deles assim como o rei e seus súditos riam de mim. Nem pude deixar de sorrir para mim mesmo quando a rainha me colocava em sua mão e a aproximava do espelho, fazendo com que nossas imagens aparecessem juntas diante de mim; e não poderia haver nada mais ridículo do que essa comparação; de modo que eu realmente comecei a me imaginar muito menor do que meu tamanho real.

Nada me irritava e mortificava mais do que o anão da rainha; o qual, por ser da estatura mais baixa que já se vira naquele país (pois eu realmente acho que ele não chegava a 9 metros de altura), tornara-se tão insolente em ver uma criatura menor do que ele, que sempre se vangloriava de seu tamanho quando passava por mim na antecâmara da rainha, enquanto eu estava de pé em alguma mesa conversando com os senhores ou com as damas da corte, raramente deixando de fazer um comentário ou dois sobre a minha pequenez; contra os quais eu só poderia me vingar chamando-o de irmão, desafiando-o a lutar, ou debochando como faziam os pajens da corte. Um dia, durante o jantar, esse malicioso serzinho ficou tão aborrecido com algo que eu tinha lhe dito, que, apoiando-se no encosto da cadeira de Sua Majestade, pegou-me pela cintura, enquanto eu estava sentado, e sem pensar em me fazer mal, jogou-me em uma grande tigela de prata cheia de creme, e depois fugiu o mais rápido que pôde. Afundei a cabeça e as orelhas, e se não fosse um bom nadador, poderia ter sido muito difícil para mim, pois Glumdalclitch estava do outro lado da sala, e a rainha ficou tão assustada, que lhe faltou presença de espírito para me ajudar. Todavia minha pequena ama correu em meu auxílio e me tirou dali, depois que eu já havia engolido um quarto do creme. Fui posto na cama, no entanto não tive nenhum outro prejuízo, além da perda das roupas, totalmente destruídas. O anão foi terrivelmente chicoteado e, como punição adicional, foi forçado a beber toda a tigela de creme na qual tinha me jogado, e caiu em desgraça, pois nunca mais voltou ao posto de preferido, e em pouco tempo a rainha o deu a uma dama de alta distinção, de modo que não o vi mais, para minha grande satisfação, pois não saberia dizer a que ponto chegaria o ressentimento de tal ser malicioso.

Antes desse episódio, ele já havia me pregado uma peça muito ordinária, que fez a rainha rir, embora ao mesmo tempo tivesse ficado veementemente irritada, e o teria dispensado se eu não tivesse sido tão generoso a ponto de interceder. Sua Majestade tinha posto um osso em seu prato, e, depois de acabar com o tutano, colocou-o de pé novamente no prato, como estava antes; o anão, observando a oportunidade, enquanto Glumdalclitch ia até o aparador, subiu no banco em que ela ficava para cuidar de mim nas refeições, pegou-me com ambas as mãos e, juntando bem minhas pernas, enfiou-as no osso até a cintura, onde fiquei preso por algum tempo, fazendo um papelão. Acredito que demorou quase um minuto antes de perceberem o que acontecera comigo, pois achei que era muito baixo gritar por ajuda. Mas, como os príncipes raramente recebem a comida quente, minhas pernas não se queimaram, apenas minhas meias e calças ficaram em péssimo estado. O anão, a meu pedido, não teve outra punição além de uma boa surra.

Eu era ridicularizado com frequência pela rainha por causa do meu medo; e ela costumava me perguntar se o povo do meu país era tão covarde quanto eu. O motivo era este: o reino é muito importunado por moscas no verão; e esses insetos odiosos, cada um deles tão grande quanto uma cotovia de Dunstable,[8] dificilmente me dava qualquer descanso quando eu sentava para almoçar, com seu zumbido contínuo nos meus ouvidos. Às vezes pousavam sobre meus alimentos e nele deixavam seus excrementos repugnantes, ou desovavam, o que para mim era muito visível, embora não fosse para os nativos daquele país, cuja visão não era tão aguçada quanto a minha em relação a objetos menores. Às vezes, fixavam-se em meu nariz, ou testa, onde me picavam muito, com um cheiro horrível; e eu podia facilmente rastrear essa substância viscosa, que, de acordo com nossos naturalistas, permite que essas criaturas andem com os pés grudados no teto. Eu tinha muito trabalho para me defender desses animais detestáveis, e não podia deixar de me assustar quando voavam até meu rosto. Era uma prática comum do anão pegar vários desses insetos em sua mão, como os estudantes fazem entre nós, e soltá-los de repente sob meu nariz, de propósito, para me assustar e divertir a rainha. Minha solução era cortá-los em pedaços com minha faca, enquanto voavam no ar, quando minha destreza era muito admirada.

Lembro-me de que uma manhã, quando *Glumdalclitch* tinha me colocado em uma caixa na janela, como costumava fazer em dias bons, para que eu tomasse um ar (pois eu não ousava que pendurassem a caixa em um prego para fora da janela, como fazemos com as gaiolas na Inglaterra), ao abrir um dos caixilhos e sentar-me à mesa para comer um pedaço de bolo de café da manhã, cerca de 20 vespas, atraídas pelo cheiro, entraram voando no quarto, zumbindo mais alto do que várias gaitas de foles. Algumas delas pegaram meu bolo e o levaram embora aos pedaços; outras voaram sobre minha cabeça e diante do meu rosto, assustando-me com o barulho e aterrorizando-me com seus ferrões. No entanto, tive coragem de me levantar e usar meu punhal para atacá-las no ar. Matei quatro delas, mas o restante fugiu, e imediatamente

---

8 Dunstable é uma cidade na Inglaterra, a cerca de 50 quilômetros ao norte de Londres. (N.T.)

fechei minha janela. Os insetos eram tão grandes quanto perdizes: arranquei seus ferrões, que tinham 3 centímetros de comprimento e eram tão afiados quanto agulhas. Preservei com cuidado todos eles, e depois de exibi-los, com outras curiosidades, em várias partes da Europa, depois de meu regresso à Inglaterra, doei três deles ao Gresham College e fiquei com o quarto.

CAPÍTULO IV

Descrição do país. Uma
proposta para corrigir os mapas
modernos. O palácio do rei e
alguns relatos da metrópole.
A maneira de viajar do autor.
Descrição do templo principal.

Pretendo fazer ao leitor uma breve descrição deste país, até onde pude nele viajar, não passando de 3 mil quilômetros ao redor de Lorbrulgrud, a metrópole. Pois a rainha, a quem sempre acompanhei, nunca viajava mais longe do que isso, quando acompanhava o rei em suas viagens, e ali permanecia até que Sua Majestade voltasse depois de verificar suas fronteiras. Toda a extensão dos domínios desse príncipe alcança cerca de 10 mil quilômetros em comprimento, e de 4 a 8 mil quilômetros em largura: o que me leva a concluir que nossos geógrafos da Europa cometem um grande erro, ao supor que não existe nada além de mar entre o Japão e a Califórnia; pois sempre foi minha opinião de que deve haver um equilíbrio de terra para se contrapor ao grande continente da Tartária; e, portanto, devem corrigir seus mapas e cartas, acrescentando essa vasta extensão de terra à região noroeste da América, para o que ofereço minha ajuda.

O reino é uma península, limitado a nordeste por uma cordilheira de montanhas de 48 quilômetros de altura, que não pode ser ultrapassada em razão dos vulcões existentes na parte mais elevada: nem os mais instruídos sabem que espécie de mortal habita além dessas montanhas, ou se são mesmo habitadas. Nos outros três lados, o reino é cercado pelo oceano. Não há um único porto marítimo em todo o reino; e há trechos no litoral, onde os rios desaguam, que estão tão repletos de rochas pontiagudas e o mar é geralmente tão agitado que não há como se aventurar com o menor de seus botes; de modo que essa gente está totalmente excluída de qualquer comércio com o resto do mundo. Mas os grandes rios estão cheios de navios, e naqueles abundam excelentes peixes; pois eles raramente pescam no mar, porque os peixes do mar são do mesmo tamanho que os da Europa e, por isso, não vale a pena pegá-los; desse modo, está claro que a natureza, na produção de plantas e animais de tão extraordinário tamanho, está totalmente limitada a esse continente, cuja razão deixo para que os filósofos descubram. No entanto, de vez em quando eles pegam uma baleia que por acaso foi lançada contra as rochas, e dessa as pessoas comuns se alimentam com voracidade. Vi essas baleias serem tão grandes que um homem mal podia carregar uma em seus ombros; e, às vezes, por curiosidade, elas são trazidas em cestas para Lorbrulgrud; eu vi uma em um prato na mesa do rei, servida como uma raridade, mas observei que ele não apreciou muito; pois acho que, na verdade, o tamanho o enojou, embora eu tenha visto uma um pouco maior na Groenlândia.

O país é populoso, pois tem 51 cidades, quase cem vilas muradas e vários vilarejos. Para satisfazer meu curioso leitor, essa descrição de Lorbrulgrud deve ser suficiente. Essa cidade se ergue em duas partes quase iguais, cada uma de um lado do rio que a atravessa. Tem mais de 80 mil casas e cerca de 600 mil habitantes. É do comprimento de três *glonglungs* (ou seja, cerca de 86 quilômetros) e 2,5 quilômetros de largura; como eu mesmo medi no mapa real, feito por ordem do rei, que foi colocado no chão de propósito para mim, e estendeu-se por 30 metros: percorri o diâmetro e a circunferência várias vezes descalço, e, calculando pela escala, consegui a medida exata.

O palácio do rei não é um edifício regular, mas sim um conjunto de construções com cerca de 11 quilômetros de circunferência: os salões principais têm geralmente 73 metros de altura, com largura e comprimento proporcionais. Uma carruagem foi disponibilizada para mim e Glumdalclitch, na qual sua preceptora a levava com frequência para ver a cidade ou para fazer compras; e eu sempre as acompanhava, carregado em minha caixa, embora a menina, quando eu pedia, muitas vezes me tirasse de lá segurando-me na mão, para que pudesse ver as casas e as pessoas enquanto passeávamos pelas ruas. Conforme meus cálculos, a carruagem correspondia ao quadrado do Westminster Hall, mas não era tão alta, embora eu não possa ser muito exato. Um dia, a preceptora a ordenou que nosso cocheiro parasse em várias lojas; com isso, os mendigos, observando uma oportunidade, aglomeraram-se nas laterais da carruagem e promoveram o espetáculo mais horrível que um olho europeu já viu. Havia uma mulher com câncer no seio, inchado a um tamanho monstruoso, cheio de buracos, em dois ou três deles nos quais eu poderia ter rastejado facilmente e coberto todo o meu corpo. Havia um sujeito com um cisto no pescoço, maior do que cinco pacotes de lã; e outro com pernas de pau, cada uma com cerca de 6 metros de altura. Mas a visão mais detestável de todas era a dos piolhos rastejando nas roupas deles. Eu podia ver com clareza as patas dessas pragas a olho nu, muito melhor do que as de piolhos europeus vistos em um microscópio, e focinhos que remexiam como os dos porcos. Eles foram os primeiros que vi, e teria tido curiosidade o suficiente para dissecar um deles se tivesse os instrumentos adequados, os quais infelizmente deixei no navio, embora fossem tão nojentos que me reviraram o estômago.

Além da caixa em que eu costumava ser carregado, a rainha ordenou que uma menor fosse feita com cerca de 1 m^2 de comprimento e pouco menos de 1 m de altura, para facilitar as viagens, pois a outra era grande demais para o colo de Glumdalclitch e pesada para a carruagem; essa foi feita pelo mesmo artista, a quem instruí durante todo o processo. Tal caixa de viagem era um quadrado exato, com uma janela no meio de três das paredes, e cada janela tinha uma treliça de ferro do lado de fora, para evitar acidentes em viagens longas. Na quarta parede, onde não havia janela, dois grampos foram colocados, nos quais a pessoa que me carregava, quando eu queria andar a cavalo, prendia um cinto de couro e o amarrava na cintura. Esse era sempre o encargo de algum criado sério, em quem eu podia confiar, caso eu acompanhasse o rei e a rainha em suas viagens, ou estivesse disposto a ver os jardins, ou visitar uma grande dama ou um ministro de Estado na corte, quando Glumdalclitch não se sentisse bem; logo comecei a ser conhecido e estimado pelos mais altos oficiais, creio eu mais por ser o preferido de Sua Majestade, o rei, do que por qualquer mérito meu. Nas viagens, quando estava cansado da carruagem, um criado a cavalo afivelava em seu cinto minha caixa, e ali eu podia ter uma visão completa do país de três lados diferentes, pelas minhas três janelas. Havia, nessa caixa, uma cama dobrável e uma rede, pendurada no teto, duas cadeiras e uma mesa, bem aparafusadas no assoalho, para evitar que fossem arremessadas de um para o outro pelos movimentos do cavalo ou da carruagem. E, estando acostumado a viagens marítimas, tais movimentos, embora às vezes demasiadamente violentos, não me incomodavam muito.

Sempre que tinha vontade de ver a cidade, era conduzido na minha caixa de viagem; que Glumdalclitch levava em seu colo em uma espécie de liteira, à moda do país, carregada por quatro homens, e assistida por outros dois, usando a farda real da rainha. As pessoas, que muitas vezes tinham ouvido falar de mim, aglomeravam-se com curiosidade ao redor da liteira, e a menina era complacente o suficiente para fazer os carregadores pararem e me colocar em sua mão, para que todos pudessem me ver da melhor forma.

Eu desejava muito conhecer o templo principal e, em particular, a sua torre, considerada a mais alta do reino. Assim, um dia, minha ama me levou até lá, entretanto devo confessar que voltei desapontado; pois a altura mal passava dos 900 metros, calculando do chão até a ponta mais alta do pináculo; que, considerando a diferença entre o tamanho daquelas pessoas e nós, na Europa, não é motivo de admiração, não se comparando, em proporção (se bem me lembro), ao campanário de Salisbury. Mas, para não desmerecer uma nação, à qual, durante toda a minha vida, serei extremamente agradecido, devo admitir que o que falta em altura a essa famosa torre é muito bem compensado em beleza e força: pois as paredes têm quase 30 metros de espessura, construídas em pedra talhada, tendo cada pedra dessa cerca de 3,5 metros de comprimento, e adornadas de todos os lados com estátuas de deuses e imperadores, esculpidas em mármore, maiores do que as dimensões reais, posicionadas em seus vários nichos. Medi um dedo mindinho que havia caído de uma dessas estátuas e estava esquecido entre os entulhos, e descobri que media exatamente 1,20 metro de comprimento. Glumdalclitch embrulhou-o em seu lenço e levou-o para casa no bolso, para guardar com outras bugigangas, das quais a menina gostava muito, como geralmente fazem as crianças de sua idade.

A cozinha do rei era, de fato, uma construção nobre, abobadada no teto e com 180 metros de altura. O grande forno é 7 metros menor, em largura, do que a cúpula de St. Paul: pois a medi de propósito depois de meu regresso. Entretanto, se descrevesse a grelha da cozinha, as panelas e as chaleiras prodigiosas, os pedaços de carne girando nos espetos, e muitos outros detalhes, talvez eu mesmo achasse difícil de acreditar; pelo menos um crítico severo estaria pronto para pensar que eu exagerara um pouco, como os viajantes são acusados de fazer. Para evitar tais críticas, temo ter feito o oposto, e se este tratado for traduzido para a língua de Brobdingnag (que é o nome geral desse reino) e for levado para lá, o rei e seus súditos teriam razões para reclamar que eu os havia prejudicado, ao fazer uma representação falsa e diminuta do local e das situações.

Sua Majestade raramente mantém mais de 600 cavalos em seus estábulos; eles geralmente têm entre 16 e 18 metros de altura. Mas, quando sai do palácio em dias de solenidade, é acompanhado por uma guarda de 500 cavalos, o que me pareceu a cena mais esplêndida jamais vista, até o dia em que vi parte de seu exército pronta para o combate, assunto de que tratarei mais tarde.

CAPÍTULO V

Várias aventuras que aconteceram com o autor. Execução de um criminoso. O autor demonstra suas habilidades na navegação.

Eu teria vivido feliz o bastante naquele país, se minha pequenez não tivesse me exposto a vários acidentes ridículos e incômodos; alguns dos quais me proponho a relatar. Glumdalclitch muitas vezes me carregava para os jardins da corte em minha caixa menor e, de vez em quando, me tirava dela e me segurava na mão, ou me colocava no chão para andar. Lembro-me de que um dia, antes de o anão ser mandado embora pela rainha, ele nos seguiu até os jardins, e tendo minha ama me colocado no chão, ele e eu ficamos juntos, perto de algumas macieiras anãs, quis ser espirituoso com um jogo de palavras envolvendo anão e árvores, o que funciona tanto na língua deles quanto na nossa. Em seguida, o mal-intencionado, aproveitando-se da oportunidade, quando eu estava caminhando sob uma delas, sacudiu uma árvore bem em cima da minha cabeça, fazendo que uma dúzia de maçãs, cada uma delas do tamanho de um barril de Bristol, caíssem ao meu redor; uma delas me acertou nas costas quando me agachei e fez que eu caísse de cara no chão; contudo, não me machuquei, e o anão foi perdoado devido a um pedido meu, dado que eu o havia provocado.

Em outro dia, Glumdalclitch me deixou em um gramado liso para que eu me divertisse, enquanto ela caminhava a alguma distância com sua preceptora. Nesse intervalo, de repente caiu uma violenta chuva de granizo que me jogou no chão: e, enquanto estava caído, as pedras de granizo me atingiram de forma cruel por todo o corpo, como se estivessem lançando bolas de tênis em cima de mim; no entanto, fiz um esforço para rastejar e me abrigar, deitado de bruços, do lado de uma fileira de tomilho-limão, mas fiquei tão machucado da cabeça aos pés, que não pude sair da caixa por dez dias. Também não é de admirar, pois a natureza naquele país observa a mesma proporção em todas as suas operações, e uma pedra de granizo de lá é quase 1.800 vezes maior do que uma na Europa; o que posso afirmar com base na experiência, pois fui curioso a ponto de pesá-las e medi-las.

Entretanto, um acidente mais perigoso aconteceu comigo no mesmo jardim, quando minha pequena ama, acreditando que havia me colocado em um lugar seguro (o que muitas vezes lhe implorava para fazer, para que pudesse desfrutar de meus pensamentos) e tendo deixado minha caixa em casa, para evitar o inconveniente de carregá-la, foi para outra parte do jardim com sua preceptora e algumas senhoras conhecidas. Enquanto estava ausente, e fora do alcance da minha voz, um pequeno spaniel branco, que pertencia a um dos principais jardineiros, ao entrar por acidente no jardim, vagou perto do lugar onde eu estava: guiado por seu faro, o cachorro veio imediatamente até mim, pegou-me com a boca, correu até seu dono balançando a cauda e colocou-me com gentileza no chão. Por sorte, ele tinha sido tão bem treinado, que me carregou entre os dentes sem me machucar ou até mesmo rasgar minhas roupas. Entretanto, o pobre jardineiro, que me conhecia bem, e tinha um grande carinho por mim, ficou apavorado: gentilmente, me pegou com as mãos e me perguntou como eu estava; todavia, eu estava tão espantado e sem fôlego, que não consegui dizer uma única palavra. Em pouco minutos voltei a mim, e ele me levou em segurança até minha pequena ama, que, a essa altura, tinha voltado ao lugar onde havia me deixado, e estava muito agoniada pois eu não apareci nem respondi quando me chamou. Ela repreendeu severamente o jardineiro por causa do seu cachorro. Mas a situação foi esquecida e nunca chegou à corte, pois a menina tinha medo da ira da rainha; quanto a mim, pensei que não seria bom para minha reputação que tal história fosse divulgada.

Tal acidente fez com que Glumdalclitch nunca mais me perdesse de vista no futuro. Eu tinha muito medo dessa decisão, e, portanto, escondi dela algumas pequenas desventuras que aconteceram em certos momentos, quando fui deixado sozinho. Certa vez, um milhafre, pairando sobre o jardim, veio em minha direção, e se não tivesse desembainhado meu punhal, e corrido para baixo de uma espaldeira grossa, ele certamente teria me levado em suas garras. Outra vez, caminhando até o topo de um novo montículo feito por uma toupeira, afundei até o pescoço no buraco cavado por aquele animal, e precisei inventar uma mentira, que não vale a pena lembrar, para justificar o estrago em minhas roupas. Em outra ocasião, quebrei a canela direita ao tropeçar na concha de um caracol enquanto caminhava sozinho e pensava na pobre Inglaterra.

Não posso dizer se ficava mais satisfeito ou mortificado ao observar, nessas caminhadas solitárias, que os pássaros menores não pareciam ter medo de mim, pois ficavam a uma distância considerável, procurando vermes e outros alimentos, com tanta indiferença e tranquilidade, como se nenhuma outra criatura estivesse perto deles. Lembro-me de que um tordo sem medo arrancou da minha mão, com o bico, um pedaço de bolo que Glumdalclitch tinha acabado de me dar para o meu café da manhã. Quando eu tentava pegar qualquer um desses pássaros, ele me atacava com audácia, esforçando-se para bicar meus dedos, os quais eu não ousava deixar a seu alcance; em seguida ele voltava a procurar, despreocupado, vermes ou caracóis, como fazia antes. Contudo, um dia peguei um bastão e lancei-o com toda a minha força; por sorte, acertei um pintarroxo, que caiu no chão, e, agarrando-o pelo pescoço com as duas mãos, levei-o triunfante até minha ama. No entanto, o pássaro, que estava só atordoado, ao se recuperar, bateu-me tantas vezes com as asas, em ambos os lados da minha cabeça e corpo, embora o segurasse a distância de um braço e estivesse fora do alcance de suas garras, que pensei em soltá-lo muitas vezes. Mas logo fui ajudado por um de nossos criados, que torceu o pescoço do pássaro, e o comeu no dia seguinte no jantar, por ordem da rainha. Esse pintarroxo, pelo que me lembro, parecia ser um pouco maior do que um cisne inglês.

As damas de honra muitas vezes convidavam Glumdalclitch a seus aposentos, e pediam que me levasse, para terem o prazer de me ver e me tocar. Muitas vezes, me despiam da cabeça aos pés, e me colocavam em seus seios; o que me causava muito nojo, porque, para dizer a verdade, um cheiro muito ruim vinha da pele delas; e menciono isso não para desmerecer aquelas excelentes senhoras, por quem tenho todo tipo de respeito; mas imagino que meus sentidos eram mais aguçados em proporção à minha pequenez, e que essas damas ilustres não eram mais desagradáveis para seus amantes, ou umas para as outras, do que as pessoas da mesma qualidade são na Inglaterra. E, por fim, percebi que seu cheiro natural era muito mais suportável do que quando usavam perfumes, que me faziam perder os sentidos imediatamente. Não posso me esquecer de que um amigo íntimo meu, em Lilipute, tomou a liberdade em um dia quente, quando eu tinha feito uma boa dose de exercício, de reclamar de um cheiro forte em mim, embora eu não seja tão diferente da maioria das pessoas do meu sexo: mas suponho que sua capacidade olfativa era tão boa em relação a mim quanto a minha é para este povo. Nesse ponto, não posso deixar de fazer justiça à rainha, minha senhora, e à Glumdalclitch, minha ama, cujos odores eram tão doces quanto os de qualquer dama na Inglaterra.

O que mais me deixava inquieto entre essas damas de honra (quando minha ama me levava para visitá-las) era vê-las me tratarem sem qualquer tipo de cerimônia, como uma criatura que não tinha nenhuma importância: pois se despiam por completo e colocavam suas anáguas na minha presença, enquanto eu era posto no toucador, bem diante de seus corpos nus, o que tenho certeza de que estava muito longe de ser uma visão tentadora, ou de me provocar quaisquer outras emoções além de horror e nojo: a pele delas parecia muito áspera e irregular, com cores diversas quando as via de perto, com pintas aqui e ali tão largas quanto uma bandeja, da qual saíam pelos mais grossos do que barbantes, para não dizer nada mais a respeito do resto da pessoa delas. Também não tinham escrúpulos, quando eu estava por perto, de se aliviarem do que haviam bebido, na quantidade de pelo menos dois barris, em um vaso em que cabia mais de três tonéis. A mais bela entre essas damas de honra, uma menina agradável e divertida de 16 anos, às vezes me colocava montado em um de seus mamilos, além de muitos outros truques, que o leitor me perdoará por não relatar em detalhes. Porém, fiquei tão incomodado que supliquei a Glumdalclitch que inventasse alguma desculpa para não visitar mais aquela jovem.

Um dia, um jovem cavalheiro, sobrinho da preceptora da minha ama, veio e insistiu que ambas assistissem a uma execução. Era de um homem que tinha assassinado um amigo íntimo daquele cavalheiro. Glumdalclitch foi convencida a fazer parte do grupo, com muita relutância, pois era naturalmente de coração terno: e, quanto a mim, embora abominasse esse tipo de espetáculo, ainda assim minha curiosidade me incitava a ver algo que achava que seria extraordinário. O malfeitor foi amarrado a uma cadeira sobre um cadafalso erguido para esse fim, e sua cabeça foi cortada com um só golpe, com uma espada de cerca de 12 metros de comprimento. As veias e artérias jorraram uma quantidade tão prodigiosa de sangue, e esse subiu tão alto, que a grande fonte de Versalhes não se igualou a ele pelo tempo que durou: e a cabeça, quando caiu no chão do cadafalso, produziu tamanho estrondo que me assustou, embora estivesse a pelo menos oitocentos metros de distância.

A rainha, que costumava me ouvir falar das minhas viagens marítimas, e aproveitava todas as ocasiões para me distrair quando eu estava melancólico, perguntou-me se eu sabia manejar uma vela ou um remo, e se um pouco de exercício de remo não seria conveniente para minha saúde. Respondi que sabia manejar os dois muito bem: pois, embora minha ocupação exata no navio fosse ser cirurgião ou médico, com frequência, quando havia uma emergência, era forçado a trabalhar como um marinheiro comum. Entretanto, não podia imaginar como isso seria de alguma serventia naquele país, onde o menor navio era do tamanho de um navio de guerra de primeira classe entre nós; e as embarcações, que eu podia manejar nunca navegariam em qualquer um de seus rios. Sua Majestade então disse que, se eu desenhasse um barco, seu carpinteiro o construiria, e ela arranjaria um lugar onde eu pudesse navegar. O carpinteiro era um trabalhador engenhoso, e com minhas instruções, em dez dias terminou uma embarcação de passeio com todos os equipamentos, capaz de levar oito europeus com tranquilidade. Quando o barco ficou pronto, a rainha ficou tão encantada que correu com ele no colo para mostrá-lo ao rei, que ordenou que o colocassem em uma cisterna cheia de água, comigo dentro, para testá-lo, mas não pude manejar meus dois pequenos remos pois faltava espaço. No entanto, a rainha já tinha outro projeto em mente. Ordenou que o carpinteiro fizesse uma calha de madeira de 90 metros de comprimento, 15 metros de largura e 2,5 metros de profundidade; que, estando bem inclinada, para evitar vazamentos, foi posta no chão, junto da parede, em uma sala externa do palácio. Havia uma torneira no fundo para retirar a água quando começasse a ficar rançosa, e dois criados podiam enchê-la com facilidade em meia hora. Ali eu costumava remar com frequência para me divertir, e também para entreter a rainha e suas damas, que se divertiam muito com minha perícia e agilidade. Às vezes, içava a vela, e meu único trabalho era guiar, enquanto as senhoras me proporcionavam uma ventania com seus leques; e, quando se cansavam, alguns de seus pajens sopravam minha vela para frente, enquanto demonstrava minha arte conduzindo a estibordo ou a bombordo como bem quisesse. Quando terminava, Glumdalclitch sempre carregava meu barco de volta ao quarto e o pendurava em um prego para secar.

 Um dia, antes de fazer esses exercícios, sofri um acidente que poderia ter custado minha vida; pois, depois de um dos pajens ter posto meu barco na calha, a preceptora que acompanhava Glumdalclitch muito gentilmente me levantou para me colocar no barco: mas, por acaso, escorreguei por entre seus dedos e teria caído de uma altura de 12 metros, se, por sorte, não tivesse ficado preso a um alfinete que estava no corpete da senhora; a cabeça do alfinete ficou entre minha camisa e o cós das minhas calças, e assim fiquei pendurado até Glumdalclitch correr para me salvar.

Em outra ocasião, um dos criados, cuja tarefa era encher minha calha a cada três dias com água limpa, foi descuidado a ponto de deixar um sapo enorme (que ele não viu) sair de seu balde. O sapo ficou escondido até eu ser posto no barco, quando então, ao ver um lugar de descanso, subiu a bordo, fazendo com que a embarcação se inclinasse tanto para um lado, que fui forçado a jogar todo o peso do meu corpo do outro lado para equilibrá-lo, e evitar que o barco virasse. Uma vez dentro do barco, pulou imediatamente até o meio dele, e depois sobre minha cabeça, para trás e para a frente, manchando meu rosto e roupas com sua gosma nojenta. A enormidade de suas características o fez se parecer o animal mais deformado que se pode imaginar. No entanto, pedi que Glumdalclitch me deixasse lidar sozinho com isso. Acertei-o por um bom tempo com um dos meus remos, e finalmente forcei-o a saltar para fora do barco.

Todavia, o maior perigo que corri naquele reino foi causado por um macaco que pertencia a um dos cozinheiros. Glumdalclitch havia me trancado em seu quarto, enquanto ia resolver alguma pendência ou visitar alguém. Como estava muito quente, deixou a janela do quarto aberta, assim como as janelas e a porta da minha caixa maior, na qual eu geralmente morava, por ser espaçosa e mais conveniente. Enquanto estava sentado em silêncio, meditando à minha mesa, ouvi algo entrar pela janela do quarto e pular de um lado para o outro: ainda que estivesse muito assustado, ainda assim me aventurei a olhar, mas sem me mexer do meu assento; e então vi esse animal brincalhão saltando para cima e para baixo, até que finalmente ele se aproximou da minha caixa, que parecia observar com grande prazer e curiosidade, espiando pela porta e por todas as janelas. Recuei para o canto mais distante do meu quarto; ou caixa; mas o macaco, olhando para todos os lados, assustou-me de tal maneira que me faltou presença de espírito para me esconder debaixo da cama, como poderia ter feito com facilidade. Depois de algum tempo espiando, sorrindo e guinchando, finalmente me viu, e esticando uma das patas pela porta, como um gato faz quando brinca com um rato, mesmo eu mudando de lugar várias vezes para evitá-lo, finalmente agarrou a lapela do meu casaco (que sendo feito da seda do país, era muito grosso e forte) e me arrastou para fora. Ele me pegou com a pata dianteira direita e me segurou como uma ama de leite faz com uma criança quando vai lhe dar de mamar, do mesmo modo que já vi o mesmo tipo de criatura fazer com um filhote de gato na Europa; e, quando ofereci resistência, ele me apertou tão fortemente que achei mais prudente obedecer. Tenho boas razões para acreditar que ele me confundiu com um filhote da própria espécie, pois acariciava meu rosto delicadamente com a outra pata. Durante essa distração, ele foi interrompido por um barulho na porta do quarto, como se alguém a estivesse abrindo: o que o fez pular pela janela pela qual havia entrado e caminhar sobre os telhados e calhas, andando com três patas e segurando-me com a quarta, até subir no telhado próximo ao nosso. Ouvi Glumdalclitch dar um grito no momento em que ele me levou para fora. A pobre menina ficou atordoada: aquela parte do palácio ficou todo alvoroçada; os criados correram para as escadas onde o macaco foi visto por centenas de pessoas no pátio, sentado no telhado de um prédio, segurando-me como se fosse um bebê em uma de suas patas dianteiras, e me alimentando com a outra, enfiando na minha boca alguns mantimentos que havia retirado de dentro de uma das bochechas, e dando-me tapinhas leves quando eu não comia; vendo isso, muitos do povo não podiam deixar de rir; nem acho que deveriam ser culpados por isso, pois, sem dúvida, a visão era ridícula o suficiente para todos, exceto para mim. Algumas das pessoas jogaram pedras, na esperança de derrubar o macaco; mas isso foi criticado, ou então, muito provavelmente, meus miolos teriam sido destruídos.

As escadas foram então encostadas e escaladas por vários homens; e o macaco, ao observar que estava quase sendo encurralado e sem poder correr o suficiente com três patas, largou-me em uma das calhas do telhado e fugiu. Ali fiquei por algum tempo, a quase quinhentos metros do chão, temendo a cada momento ser derrubado pelo vento, ou cair pela minha vertigem, e rolar do topo até os beirais; porém, um bom rapaz, um dos criados da minha ama, subiu e me colocou no bolso de suas calças, trazendo-me em segurança para baixo.

Quase engasguei com as coisas sujas que o macaco tinha enfiado na minha garganta: porém, minha querida ama retirou tudo da minha boca com uma pequena agulha, e em seguida vomitei, o que me trouxe grande alívio. No entanto, estava tão fraco e machucado nas laterais do corpo, devido aos apertos dados por aquele animal detestável, que fui forçado a ficar de cama por quinze dias. O rei, a rainha e toda a corte, enviavam alguém todos os dias para saber da minha saúde; e Sua Majestade me visitou várias vezes durante minha recuperação. O macaco foi morto e uma ordem foi dada de que nenhum animal desse tipo fosse mantido no palácio.

Quando visitei ao rei depois de minha recuperação, para agradecer por seus favores, ele ficou muito contente por zombar de mim devido a essa aventura. Ele me perguntou quais eram meus pensamentos e especulações enquanto estava na pata do macaco; se eu havia gostado dos alimentos que ele havia me dado; da sua maneira de me alimentar; e se o ar fresco do telhado havia atiçado meu estômago. Queria saber o que eu teria feito em tal ocasião caso acontecesse em meu país. Eu disse a Sua Majestade que não havia macacos na Europa, exceto aqueles trazidos de outros lugares por curiosidade, e que eram tão pequenos, que podia lidar com doze deles ao mesmo tempo, se tentassem me atacar. E quanto àquele animal monstruoso que eu enfrentara (o qual era, de fato, do tamanho de um elefante), se meu medo tivesse me deixado pensar em usar meu punhal (fazendo uma expressão feroz e colocando minha mão ao redor do cabo dele enquanto eu falava), quando ele enfiou a pata no meu quarto, talvez o tivesse ferido de tal maneira, que ele a teria retirado com mais rapidez do que quando a enfiou ali. Disse isso em tom firme, como uma pessoa que não quer que sua coragem seja questionada. No entanto, meu discurso não gerou nada além de uma gargalhada geral, que nem mesmo o respeito dos que ali estavam para com Sua Majestade foi capaz de conter. Isso me fez refletir como é vã a tentativa de um homem de conquistar o respeito daqueles que estão muito acima de nós, de quem não somos iguais nem com os quais há algum termo de comparação. E, no entanto, tenho visto a moral do meu comportamento com muita frequência na Inglaterra desde meu regresso; onde o mais desprezível patife, sem nenhuma vantagem de berço, de pessoa, de inteligência ou de senso comum, assume ares de importância, e se põe no mesmo nível das pessoas mais distintas do reino.

Todos os dias eu fornecia à corte alguma história ridícula: e Glumdalclitch, embora me amasse muito, ainda era lépida o suficiente para contar à rainha sempre que eu cometia qualquer loucura que ela achava que seria divertida para Sua Majestade. A menina, que estivera doente, foi levada por sua preceptora para tomar ar em um local a cerca de uma hora dali, a aproximadamente 48 quilômetros. Elas desceram da carruagem perto de uma pequena trilha em um campo, e tendo Glumdalclitch baixado minha caixa de viagem, saí dela para andar. Havia esterco de vaca no caminho e resolvi testar meu condicionamento pulando sobre ele. Corri, mas infelizmente não saltei o bastante e afundei até os joelhos. Arrastei-me para fora dali com alguma dificuldade, e um dos criados me enxugou o máximo que pôde com seu lenço, pois eu estava imundo; e minha ama me confinou na caixa até voltarmos para casa; onde a rainha logo foi informada do que havia acontecido, e os criados espalharam a notícia da história pela corte; de modo que a diversão de todos por alguns dias foi a minha custa.

CAPÍTULO VI

Várias invenções do autor para agradar o rei e a rainha. Ele demonstra sua habilidade musical. O rei pergunta sobre a situação da Inglaterra, e o autor lhe faz um relato. As observações do rei sobre o assunto.

Eu costumava assistir às recepções matinais do rei uma ou duas vezes por semana, e muitas vezes o vi na cadeira do barbeiro, o que, de início, era uma visão aterrorizante, pois a navalha era quase duas vezes maior do que uma foice comum. Sua Majestade, de acordo com o costume do país, só se barbeava duas vezes na semana. Certa vez, convenci o barbeiro a me dar um pouco de espuma, da qual retirei 40 ou 50 dos mais fortes fios de barba. Peguei então um pedaço de madeira fina e cortei-o com a parte de trás de um pente, fazendo vários furos em distâncias iguais com uma pequena agulha que consegui com Glumdalclitch. Fixei os fios artificialmente, raspando-os e afinando-os na ponta com minha faca, criando assim um pente aceitável, que era um suprimento oportuno, pois o meu estava com tantos dentes quebrados que era quase inútil; e não conhecia nenhum artesão naquele país tão gentil e engenhoso que se comprometesse a me fazer outro.

E isso me faz lembrar de um passatempo, no qual gastei muitas das minhas horas de lazer. Pedi que a criada da rainha guardasse para mim os fios de cabelo de Sua Majestade e, com o tempo, obtive uma boa quantidade; consultando meu amigo, o carpinteiro, que havia recebido ordens de fazer pequenos trabalhos para mim, pedi-lhe que fizesse duas armações de cadeira, não maiores do que as que eu tinha na minha caixa, e também pequenos furos com um furador fino nas partes onde seriam as costas e os assentos; por esses furos, passei os cabelos mais fortes que pude encontrar, à maneira das cadeiras de palhinha na Inglaterra. Quando terminei, dei-as de presente para Sua Majestade; que as manteve em seu gabinete, e costumava mostrá-las como curiosidades, e, de fato, maravilhavam todos aqueles que as contemplavam. A rainha queria que eu me sentasse em uma dessas cadeiras, mas me recusei a obedecê-la, protestando que preferiria morrer do que colocar uma parte desonrosa do meu corpo nesses preciosos cabelos, que uma vez adornaram a cabeça de Sua Majestade. Desses cabelos (pois eu sempre tive uma inclinação para a mecânica), também fiz uma pequena bolsa, com cerca de 1,5 metro de comprimento, com o nome de Sua Majestade escrito em letras douradas, que dei a Glumdalclitch com o consentimento da rainha. Para dizer a verdade, era mais para ser exibida do que usada, não tendo força para suportar o peso das moedas maiores e, portanto, ali não guardava nada, apenas alguns pequenos brinquedos de que as meninas gostam.

O rei, que era amante de música, com frequência promovia concertos na corte, aos quais, às vezes, eu era levado, e minha caixa era posta em uma mesa para ouvi-los: entretanto, o barulho era tão alto que eu mal conseguia distinguir as melodias. Estou certo de que nem mesmo todos os tambores e trombetas de um exército real, soando simultaneamente junto aos seus ouvidos, poderiam se igualar a esse som. Costumava pedir que minha caixa fosse retirada do lugar onde os artistas se sentavam, e posta o mais longe possível, que em seguida fechassem suas portas e janelas, puxassem as cortinas; com isso não achava sua música tão desagradável.

Eu tinha aprendido na minha juventude a tocar um pouco de espineta. Glumdalclitch mantinha uma em seu quarto, e um mestre vinha duas vezes por semana para ensiná-la: chamei de espineta, porque se assemelhava um pouco a esse instrumento, e era tocado da mesma maneira. Tive a ideia de entreter o rei e a rainha com uma melodia inglesa tocada nesse instrumento. Mas isso parecia extremamente difícil: pois a espineta tinha cerca de 18 metros de comprimento e cada tecla quase 30 centímetros de largura, de modo que mesmo com os dois braços estendidos eu não podia alcançar mais do que cinco teclas, e pressioná-las exigia um bom golpe com meu punho, o que seria um trabalho muito grande, e em vão. O método que inventei foi este: preparei dois bastões redondos, do tamanho de porretes comuns; que eram mais grossos em uma extremidade do que na outra, e cobri as extremidades mais grossas com pedaços de pele de rato, de modo que, batendo com eles, não danificaria as teclas nem interromperia o som. Um banco foi posto diante da espineta, a cerca de 1,20 metro abaixo das teclas, e fui posicionado no banco. Correndo de um lado para o outro, o mais rápido que pude, batendo nas teclas certas com os dois bastões, consegui tocar uma giga, para grande satisfação de ambas as Majestades; mas foi o exercício mais extremo que já fiz, e ainda assim não consegui tocar mais do que 16 teclas, nem tocar o grave e o agudo juntos, como outros artistas fazem, o que foi uma grande desvantagem para minha apresentação.

O rei, que, como observei, era um príncipe com um excelente conhecimento, com frequência ordenava que eu fosse levado em minha caixa e posto sobre a mesa em seu gabinete: ele então pedia que eu trouxesse uma das cadeiras para fora e me sentasse a quase três metros acima da escrivaninha, o que me deixava quase na altura do seu rosto. Dessa forma, tive várias conversas com ele. Um dia, tomei a liberdade de dizer à Sua Majestade que o desprezo que ele sentia pela Europa, e pelo resto do mundo, não correspondia a essas excelentes qualidades de espírito que ele dominava; que a razão não se estendia ao corpo todo; pelo contrário, observamos em nosso país que as pessoas mais altas eram geralmente as menos providas; que, dentre outros animais, abelhas e formigas tinham a reputação de serem mais diligentes, artísticas e sagazes do que muitas das espécies maiores; e que, por mais desprezível que ele me considerasse, eu esperava viver para prestar à Sua Majestade algum tipo de serviço notável. O rei me ouviu com atenção e começou a fazer de mim uma opinião muito melhor do que jamais tivera antes. Ele desejava que eu lhe fizesse um relato o mais exato possível do governo da Inglaterra, porque, por mais que os príncipes apreciassem os próprios costumes (o que ele presumiu com base em meus discursos), ele ficaria feliz em aprender qualquer coisa que merecesse ser imitada.

Imagine você, gentil leitor, quantas vezes desejei a língua de Demóstenes ou de Cícero, para poder elogiar meu querido país natal em um estilo que se igualasse a seus méritos e felicidades.

Comecei meu discurso informando à Sua Majestade que nossos domínios consistiam em duas ilhas, que compunham três poderosos reinos, sob o comando de um só soberano, além de nossas colônias na América. Estendi-me muito sobre a fertilidade de nossas terras e sobre a temperatura de nosso clima. Em seguida, falei longamente sobre a constituição do Parlamento inglês; em parte composto de um corpo ilustre chamado Câmara dos Pares; pessoas do mais nobre sangue e dos mais antigos e extensos patrimônios. Expliquei que o máximo cuidado é tomado com sua educação nas artes e nas armas, para qualificá-los a serem conselheiros tanto para o rei quanto para o reino; a terem participação na legislação; a serem membros do mais alto tribunal de magistratura, do qual não pode haver apelo; e a serem paladinos sempre prontos para defender seu príncipe e seu país, por sua coragem, conduta e lealdade. Que eles eram o ornamento e o baluarte do reino, dignos seguidores de seus ancestrais mais renomados, cuja honra fora a recompensa de sua virtude, da qual seus pósteros não degeneraram nem uma única vez. A esses se juntaram várias pessoas santas, como parte daquela assembleia, chamados de bispos, cujo ofício específico é cuidar da religião e daqueles que nela instruem o povo. Esses eram escolhidos dentre toda a nação, pelo príncipe e seus conselheiros mais sábios, entre os sacerdotes merecedores pela santidade de sua vida, e a profundidade de sua erudição; que eram, de fato, os pais espirituais do clero e do povo.

Que a outra parte do Parlamento consistia em uma assembleia chamada Câmara dos Comuns, formada pelos principais cavalheiros, livremente escolhidos e nomeados pelo próprio povo, por suas grandes habilidades e por amor por seu país, para representar a sabedoria de toda a nação. E que esses dois corpos juntos constituíam a assembleia mais respeitável da Europa; a quem, com o príncipe, toda a legislação é confiada.

Em seguida, dissertei sobre os tribunais de Justiça; presididos pelos juízes, veneráveis sábios e intérpretes da lei, para determinar os direitos e propriedades disputados pelos homens, bem como para determinar a punição do vício e a proteção da inocência. Mencionei a gestão prudente do nosso tesouro; o valor e as conquistas de nossas forças, por mar e por terra. Calculei o número do nosso povo, calculando quantos milhões poderiam haver de cada seita religiosa ou partido político entre nós. Não omiti nem mesmo nossos esportes e passatempos, ou qualquer outro detalhe que pensei que poderia redobrar a honra do meu país. E encerrei com um breve relato histórico de assuntos e eventos que ocorreram na Inglaterra nos últimos cem anos.

Essa conversa só terminou após cinco audiências, cada uma delas de várias horas; e o rei ouviu tudo com grande atenção, frequentemente tomando notas do que eu dizia, bem como anotando quais perguntas pretendia me fazer.

Quando terminei esses longos discursos, Sua Majestade, em uma sexta audiência, ao consultar suas anotações, tinha muitas dúvidas, questões e objeções a respeito de cada item. Ele me perguntou quais métodos eram usados para cultivar a mente e o corpo de nossa jovem nobreza, e a que tipo de ofício eles normalmente se dedicavam na primeira parte de sua vida, que era a mais suscetível ao aprendizado; quais qualificações eram necessárias àqueles que se tornariam novos lordes; que caminho era tomado para suprir essa assembleia quando qualquer família nobre se extinguia; se a vontade do príncipe, uma soma de dinheiro dada para a dama da corte ou a um primeiro-ministro, ou o projeto de fortalecer um partido contrário ao interesse público, jamais foram motivos para tais investiduras; que grau de conhecimento esses senhores tinham das leis de seu país, e como o adquiriram, para capacitá-los a tomarem decisões sobre a propriedade de seus compatriotas em última instância; se eles eram sempre tão livres de avareza, de parcialidade ou de desejos, que um suborno, ou qualquer outro objetivo fraudulento, não poderia ter lugar entre eles; se esses santos senhores de quem falei sempre foram promovidos a esse posto por seu conhecimento em questões religiosas e da santidade de sua vida, nunca haviam sido complacentes com a época, enquanto eram sacerdotes comuns ou quando eram capelães se prostituindo a algum nobre, cujas opiniões eles continuavam a seguir de maneira servil, depois de serem admitidos naquela assembleia.

Ele então desejava saber como era feito para eleger cada um daqueles que eu chamava comuns; se um estranho, com uma bolsa recheada de moedas de ouro, não poderia influenciar os eleitores vulgares a escolhê-lo em vez de seu senhorio, ou do cavalheiro mais considerável da vizinhança. Por que as pessoas estavam tão interessadas em fazer parte dessa assembleia, que eu havia reconhecido ser um grande trabalho e uma grande despesa, que muitas vezes arruinava suas famílias, sem receber qualquer salário ou pensão? Porque isso lhe parecia uma demonstração tão exaltada de virtude e de espírito público, que Sua Majestade parecia duvidar que talvez nem sempre fosse sincero. E ele desejava saber se tais cavalheiros zelosos poderiam ter alguma intenção de se recompensarem pelos gastos e problemas que enfrentaram, sacrificando o bem público aos desígnios de um príncipe fraco e cruel, em conjunto com um ministério corrompido. Ele multiplicava suas perguntas, e me indagou a respeito de cada parte desse assunto, fazendo-me inúmeras perguntas e objeções, que não acho prudente ou conveniente repetir.

Sobre o que disse em relação a nossos tribunais de Justiça, Sua Majestade desejava que eu esclarecesse vários pontos; e isso eu era muito capaz de fazer, tendo sido anteriormente quase arruinado por uma longa demanda no tribunal, que teve resultado favorável a mim, mas me impôs os custos do processo. Ele perguntou: quanto tempo geralmente era despendido para se decidir entre o certo e o errado e qual o grau de despesa? Os defensores e oradores tinham liberdade de defender causas claramente injustas, vexatórias ou opressivas? Os partidos, religiosos ou políticos, tinham algum peso na balança da Justiça? Os oradores que defendiam causas eram pessoas instruídas no conhecimento geral da equidade ou apenas em costumes provinciais, nacionais e locais? Eles ou seus juízes desempenhavam algum papel na elaboração dessas leis, que tomavam a liberdade de interpretar e passar por cima a seu bel-prazer? Já havia, em momentos diversos, defendido e ido contra a mesma causa, e citado precedentes para provar opiniões contrárias? Eram um grupo rico ou pobre? Recebiam alguma recompensa financeira por defender ou emitir suas opiniões? E, em particular, já haviam sido admitidos como membros da Câmara dos Comuns?

Em seguida, perguntou sobre a gestão de nosso tesouro e disse que achava que minha memória havia me enganado, porque eu computara nossos impostos em cerca de 5 ou 6 milhões por ano, e quando mencionei os gastos, ele percebeu que, às vezes, eram mais do que o dobro; pois as anotações que havia feito eram bem detalhadas nesse ponto, porque ele esperava, segundo me falou, que o conhecimento de nossa conduta lhe fosse útil, e que seus cálculos não estavam errados. Mas, se o que eu disse a ele era verdade, ele ainda não sabia como um reino poderia gastar além de seus meios, como uma pessoa particular. Ele me perguntou quem eram nossos credores e onde encontrávamos dinheiro para pagá-los. Ele se maravilhava ao me ouvir falar de guerras tão onerosas e caras; disse que certamente éramos um povo belicoso, ou vivíamos entre vizinhos muito ruins, e que nossos generais deviam ser mais ricos do que seus reis. Perguntou-me por que tínhamos interesses fora de nossas ilhas, a não ser que fossem relacionados ao comércio ou a um tratado, ou para defender as costas com nossa frota. Acima de tudo, ficou surpreso ao me ouvir falar sobre um exército mercenário permanente, em meio à paz e entre pessoas livres. Disse que se éramos governados por nosso consentimento, pelas pessoas que eram nossos representantes, ele não podia imaginar de quem teríamos medo, ou contra quem lutaríamos; e gostaria de saber se eu não achava que a casa de um homem poderia ser mais bem defendida por ele mesmo, seus filhos e a família do que por malandros, apanhados nas ruas em troca de uma mixaria, que poderiam ganhar mil vezes mais cortando-lhes as gargantas?

Ele riu do meu "tipo estranho de aritmética", como ficou satisfeito em chamá-lo, ao calcular o número de nosso povo, por meio de um cálculo feito das várias seitas entre nós, na religião e na política. Disse também que não sabia por que aqueles que têm opiniões prejudiciais ao público deveriam ser obrigados a mudá-las, e não deveriam ser obrigados a escondê-las. E se era tirania em qualquer governo exigir o primeiro, seria uma fraqueza não impor o segundo: pois é permitido a um homem manter venenos em seu armário, mas não para vendê-los como cordiais.

Ele observou que entre as diversões de nossa nobreza e burguesia, mencionei o jogo; ele desejava saber com que idade as pessoas começavam a se entreter assim e quando cessava; quanto de seu tempo se gastava nele; se alguma vez fora tão alto a ponto de afetar a fortuna deles; se pessoas cruéis e viciosas, por sua destreza nessa arte, não poderiam acumular grandes riquezas e, às vezes, manter nossos nobres dependentes, bem como habituá-los a terem companhias vis, desviando-os totalmente do aprimoramento de sua mente, e forçá-los, pelas perdas que tiveram, a aprender e praticar essa arte infame com os outros.

Ele ficou extremamente surpreso com o relato histórico que lhe fiz sobre nossa história no último século; declarando que era apenas um monte de conspirações, rebeliões, assassinatos, massacres, revoluções, banimentos, os piores efeitos que a avareza, discórdia, hipocrisia, perfídia, crueldade, raiva, loucura, ódio, inveja, luxúria, malícia e ambição podem produzir.

Sua Majestade, em outra audiência, esforçou-se para recapitular tudo o que eu tinha falado; comparou as perguntas que fez com as respostas que eu tinha dado; em seguida, tomando-me em suas mãos, e acariciando-me gentilmente, proferiu estas palavras, as quais nunca vou esquecer, nem a maneira como as disse: "Meu amiguinho Grildrig, você fez o mais admirável panegírico sobre seu país; você provou claramente que a ignorância, o ócio e o vício são os ingredientes com que se faz um legislador; que as leis são mais bem explicadas, interpretadas e aplicadas por aqueles cujos interesses e habilidades consistem em pervertê-las, confundi-las e iludi-las. Observo entre vocês alguns sinais de uma instituição que, em sua forma original, poderia ter sido tolerável, mas esses estão meio apagados, e o resto está totalmente borrado e maculado pela corrupção. Não parece, com base em tudo o que você disse, que qualquer virtude seja necessária para que se obtenha uma posição entre vocês; muito menos que os homens sejam enobrecidos por causa de sua virtude; que os sacerdotes sejam promovidos por sua devoção ou seu saber; os soldados, por sua conduta ou sua bravura; os juízes, por sua integridade; os senadores, por seu amor ao país; ou conselheiros por sua sabedoria. Quanto a você", continuou o rei, "que passou a maior parte da vida viajando, estou inclinado a acreditar que pode, até então, ter escapado dos muitos vícios de seu país. Mas, pelo que ouvi de seu relato, e das respostas que arranquei e extorqui de você, não posso deixar de concluir que a maior parte dos nativos de sua terra são a raça mais perniciosa de pequenos vermes odiosos que a natureza já permitiu rastejar sobre a superfície da terra".

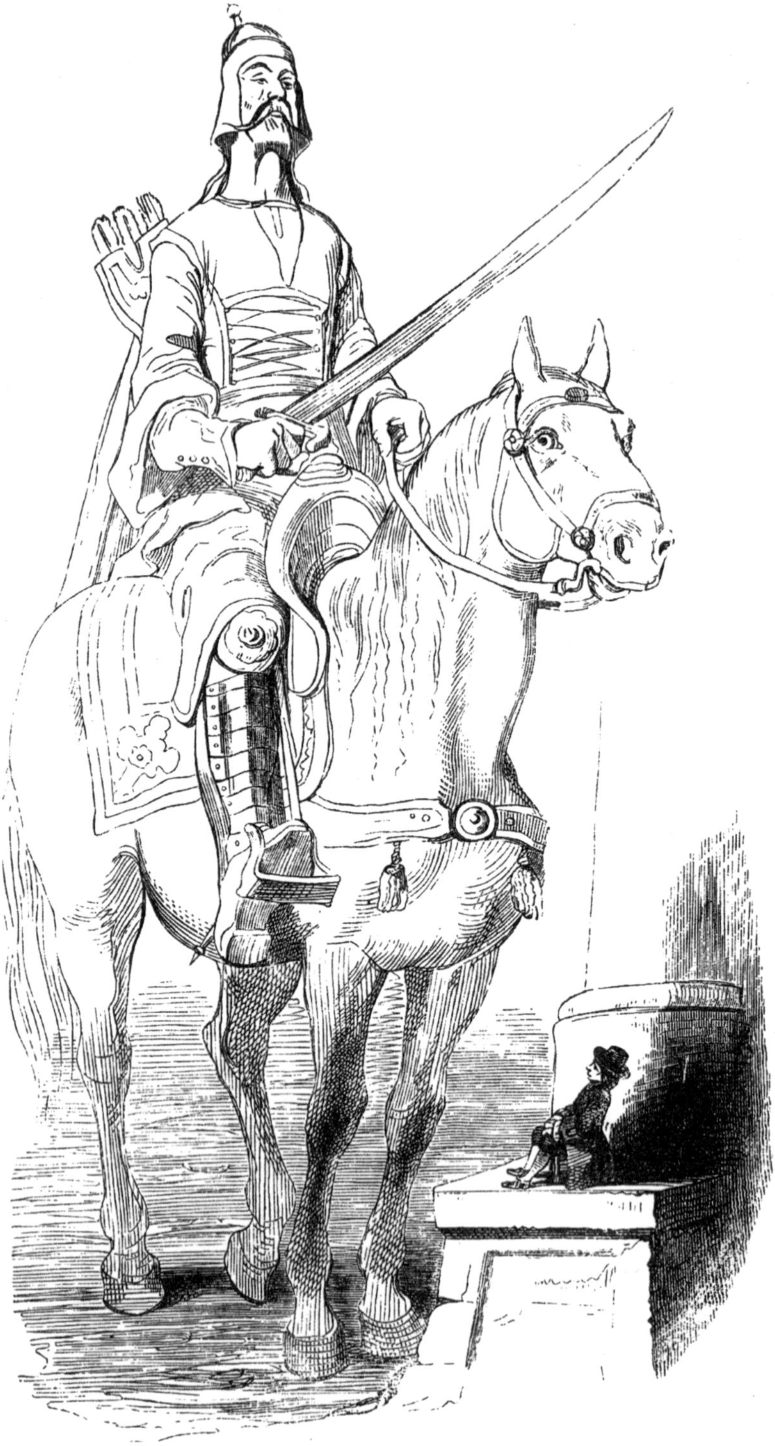

CAPÍTULO VII

O amor do autor a seu país. Ele faz uma proposta muito vantajosa ao rei, a qual é rejeitada. A profunda ignorância do rei sobre questões políticas. O saber naquele país é muito imperfeito e limitado. As leis, os assuntos militares e os partidos no Estado.

Nada além de um amor extremo pela verdade poderia ter me impedido de esconder esta parte da minha história. Teria sido em vão revelar meus ressentimentos, que sempre eram considerados ridículos; e fui forçado a me calar e ter paciência, enquanto meu amado e nobre país era tão injustamente tratado. Lamento como qualquer um dos meus leitores que tal ocasião tenha ocorrido: mas esse príncipe era tão curioso e inquisitivo sobre cada detalhe, que eu feriria os princípios da gratidão e das boas maneiras se não lhe desse todas as informações de que dispunha. No entanto, permitam-me que diga, em minha defesa, que astuciosamente me esquivei de muitas de suas perguntas, e dei a cada ponto a roupagem mais favorável possível, em muitos níveis, do que o rigor à verdade permitiria. Pois sempre tive essa louvável parcialidade com meu país, que Dionísio de Halicarnasso,[9] com tanta justiça, recomenda a um historiador: eu ocultaria as fragilidades e as deformidades de minha mãe política, e mostraria suas virtudes e suas belezas sob a luz mais vantajosa. Esse foi o meu esforço sincero nas muitas audiências que tive com aquele monarca, embora infelizmente não tenha tido êxito.

No entanto, grandes concessões devem ser feitas a um rei que vive totalmente isolado do resto do mundo, e não tem, portanto, conhecimento dos modos e dos costumes que se observam em outras nações: a falta de conhecimento sempre gera muitos preconceitos, e certa estreiteza mental, da qual nós e os países mais corteses da Europa estamos totalmente isentos. E seria difícil, de fato, se os conceitos de virtude e de vício de um príncipe tão remoto fossem propostas como padrão para toda a humanidade.

Para confirmar o que acabei de dizer, e para mostrar os efeitos terríveis de uma educação limitada, vou relatar aqui um evento, no qual vocês dificilmente acreditarão. Na esperança de agradar ainda mais à Sua Majestade, contei-lhe sobre a invenção, há trezentos ou quatrocentos anos, de um certo pó, do qual uma pequena porção, ao receber a menor centelha de fogo, produziria uma explosão em um instante, tão grande quanto uma montanha, e faria tudo voar pelos ares, com um barulho e agitação maiores do que o trovão. Que uma quantidade adequada desse pó colocada em um tubo oco de latão ou de ferro, de acordo com seu tamanho, lançava uma bola de ferro ou de chumbo, com tanta violência e velocidade que nada seria capaz de impedir sua força. Que as maiores bolas assim lançadas, não só destruíam fileiras inteiras de um exército de uma só vez, como também derrubavam as mais fortes muralhas, afundavam navios com mil homens em cada um,

---

9 Historiador e crítico literário grego. Foi em Roma que passou a exercer o talento de crítico literário junto ao círculo de escritores gregos e latinos. (N.T.)

e quando ligadas entre si por uma corrente, arrancavam mastros e cordames, dividiam centenas de corpos ao meio e deixavam um rastro de destruição. Que muitas vezes púnhamos esse pó em grandes bolas ocas de ferro e usávamos um mecanismo para lançá-las em cidades que estávamos sitiando, bolas essas que rasgavam calçadas, despedaçavam casas e espalhavam estilhaços por todos os lados, triturando os miolos de quem se aproximasse. Que eu conhecia muito bem os ingredientes, que eram baratos e comuns; sabia como combiná-los, e poderia ensinar seus trabalhadores a fazerem esses tubos, de um tamanho proporcional a todas as outras coisas no reino de Sua Majestade, e o maior deles não precisaria ter mais do que 30 metros de comprimento; 20 ou 30 desses tubos, carregados com a quantidade adequada de pó e bolas de ferro, derrubariam as muralhas da cidade mais forte de seus domínios em poucas horas, ou destruiriam toda a metrópole, se alguma vez se pretendesse contestar seu comando absoluto. Isso ofereci humildemente à Sua Majestade, como um pequeno tributo em reconhecimento a vários sinais recebidos por mim de seu favor e proteção real.

O rei ficou horrorizado com a descrição que eu tinha dado daqueles mecanismos terríveis e com a proposta que eu tinha feito. Ficou surpreso que um inseto tão impotente e vil como eu (esses foram os termos que usou) pudesse ter ideias tão desumanas, e de maneira tão natural, a ponto de parecer totalmente impassível ao descrever todas as cenas de sangue e desolação que eram resultados comuns dessas máquinas destrutivas; das quais, disse ele, algum gênio do mal, inimigo da humanidade, deve ter sido o inventor. Quanto a si mesmo, protestou que, embora poucas coisas o encantassem tanto quanto novas descobertas na arte ou na natureza, preferiria perder metade de seu reino a estar a par de tal segredo; o qual me ordenou, se eu prezava pela vida, nunca mais deveria mencionar.

Um estranho efeito de princípios e pontos de vista limitados, que um príncipe que tem todas as qualidades que mereçam veneração, amor e estima; de raros dons, grande sabedoria e profundo saber, dotado de talentos admiráveis para a governança, e quase adorado por seus súditos, por causa de um "escrúpulo excessivo e desnecessário", que na Europa não podemos nem sequer conceber, deixasse escapar a oportunidade posta em suas mãos que o tornaria senhor absoluto da vida, das liberdades e das fortunas de seu povo! Não digo isso com qualquer intenção de diminuir as muitas virtudes daquele excelente rei, cujo caráter, sou consciente, será, por esse motivo, muito menor na opinião de um leitor inglês: mas considero que esse defeito entre eles surge de sua ignorância, por não terem, até então, reduzido a política a uma ciência, como o fizeram as mentes mais sagazes da Europa. Pois, lembro-me muito bem, em uma conversação com o rei, quando por acaso disse que havia vários milhares de livros entre nós sobre a arte do governar, isso deu-lhe (ao contrário da minha intenção) uma opinião muito mesquinha de nosso entendimento. Ele declarou abominar e desprezar todo mistério, refinamento e intriga, fosse em um príncipe fosse em um ministro. Ele não compreendia o que eu queria dizer com "segredos de Estado", quando um inimigo ou uma nação rival não estavam envolvidos. Ele resumia o conhecimento de governar a "limites muito estreitos", ao senso comum e à razão, à Justiça e à lenidade, à rápida decisão de causas civis e criminais; e outros tópicos que não valem a pena considerar. E manifestou a opinião de que quem puder fazer crescer duas espigas de milho ou duas folhas de grama em um lugar onde antes crescia apenas uma, merece mais da humanidade, e presta um serviço muito mais essencial a seu país do que uma raça inteira de políticos tomada em conjunto.

O saber desse povo é muito defeituoso, consistindo apenas em moralidade, história, poesia e matemática, na qual são excelentes. Porém, toda a sua matemática é aplicada ao que pode ser útil na vida, ao aprimoramento da agricultura e de todas as artes mecânicas; de modo que entre nós seria pouco apreciada. E, quanto às ideias, entidades, abstrações e transcendentais, nunca pude pôr a menor concepção em sua cabeça.

Nenhuma lei daquele país deve exceder em palavras o número de letras de seu alfabeto, que consiste apenas em 22. Todavia, na verdade, poucas delas chegam a tal tamanho. Elas são expressas nos termos mais simples e claros, nos quais essas pessoas não são inteligentes o suficiente para fazer mais de uma interpretação; e escrever um comentário sobre qualquer lei, é um crime capital. Quanto à decisão de causas civis, ou processos contra criminosos, seus precedentes são tão poucos, que têm poucos motivos para se gabar de qualquer habilidade extraordinária em ambos.

Eles conhecem a arte de imprimir, assim como os chineses, desde tempos remotos: suas bibliotecas, porém, não são muito grandes; pois a do rei, que é considerada a maior, não tem mais do que mil volumes, guardados em uma galeria de mais de 360 metros de comprimento, da qual tive a liberdade de retirar os livros que quisesse. O marceneiro da rainha havia feito em um dos quartos de Glumdalclitch uma espécie de máquina de madeira de 7 metros de altura, parecida com uma escada; os degraus com 15 metros de comprimento. Era, de fato, uma escada móvel, a extremidade mais baixa posicionada a três metros de distância da parede do quarto. O livro que eu queria ler foi colocado encostado na parede: primeiro eu subia até o degrau mais alto da escada, e virando meu rosto para o livro, começava a ler pelo topo da página, e assim, andando para a direita e para a esquerda cerca de oito ou dez passos, de acordo com o comprimento das linhas, até chegar a um nível um pouco abaixo dos meus olhos, e depois, descendo gradualmente até chegar embaixo; em seguida, subia novamente, e começava a outra página da mesma maneira, e assim virava a folha, o que não era difícil de fazer com as duas mãos, pois era tão grossa e rígida quanto uma cartolina, e mesmo os maiores livros não tinham mais do que 5 ou 6 metros de comprimento.

O estilo deles é claro, masculino e fluido, mas não floreado; pois evitam muito multiplicar palavras desnecessárias ou usar várias expressões imprecisas. Li muitos de seus livros, especialmente aqueles sobre história e moralidade. Dentre os demais, diverti-me muito com um pequeno tratado antigo, que sempre ficava no quarto de dormir de Glumdalclitch e pertencia a sua preceptora, uma senhora idosa e severa que lia muito sobre moralidade e devoção. O livro trata da fraqueza da humanidade, e não é tido em alta conta, exceto entre as mulheres e a plebe. No entanto, estava curioso para ver o que um autor daquele país poderia dizer sobre tal assunto. Esse escritor abordava todos os tópicos comuns dos moralistas europeus, mostrando que o homem é um animal diminuto, desprezível e indefeso em sua natureza; incapaz de se defender das inclemências do tempo, ou da fúria de animais selvagens; que ele é inferior a essa criatura em força; àquela, em velocidade, a uma terceira, em prudência; e a uma quarta, em dedicação ao trabalho. Acrescentava ainda que a natureza se deteriora nas últimas eras de declínio do mundo, e agora produzia apenas pequenos abortos, em comparação com o que ocorria nos tempos antigos. Dizia que era muito razoável pensar não apenas que a espécie humana era originalmente muito maior, mas também que teriam existido gigantes em eras anteriores; que, confirmado pela história e pela tradição, também por enormes ossos e crânios, desenterrados por acaso em várias partes do reino, excedendo em muito a raça comum de homens do nosso tempo. Argumentava que as próprias leis da natureza exigiam que fôssemos, no início, maiores e mais robustos; não tão expostos à destruição em razão de qualquer pequeno acidente, como uma telha caída de uma casa, ou uma pedra lançada por um menino, ou um afogamento em um pequeno riacho. A partir de tal raciocínio, o autor extraía várias aplicações morais, úteis à conduta da vida, entretanto desnecessárias de serem repetidas aqui. Da minha parte, não pude deixar de refletir sobre a universalidade desse talento para extrair lições de moral, ou melhor, questões de descontentamento e queixas, com base nos conflitos que temos com a natureza. E acredito que, depois de uma investigação rigorosa, esses conflitos podem se mostrar tão infundados entre nós quanto são entre aquele povo.

Quanto aos assuntos militares, gabam-se de que o exército do rei consiste em 176 mil soldados da infantaria e 32 mil da cavalaria; se é que isso pode ser chamado de exército, pois é composto de comerciantes das várias cidades e de agricultores do campo, cujos comandantes são apenas nobres e fidalgos que não recebem pagamento ou recompensa. São realmente perfeitos em seus exercícios e muito bem disciplinados, no que não vi grande mérito; pois, como deveria ser de outra forma, se cada agricultor está sob o comando de seu senhorio e cada cidadão sob o dos homens principais de sua cidade, escolhidos, assim como se fez em Veneza, pelo voto?

Vi muitas vezes a milícia de Lorbrulgrud se exercitando em um grande campo perto da cidade, com 50 m2. Não havia mais do que 25 mil infantes e 6 mil cavaleiros. Todavia, foi impossível para mim calcular o número certo deles, considerando o espaço que ocupavam. Um cavaleiro, montado em um enorme corcel, podia ter cerca de 27 metros de altura. Já vi todo esse corpo de cavalaria, diante de uma ordem de comando, sacarem suas espadas ao mesmo tempo e brandi-las no ar. Nem a imaginação pode conceber algo tão grande, tão surpreendente e tão admirável! Era como se 10 mil relâmpagos estivessem surgindo ao mesmo tempo de cada canto do céu.

Eu estava curioso para saber como aquele príncipe, a cujos domínios não há acesso de nenhum outro país, veio a pensar em exércitos, ou em ensinar seu povo a prática da disciplina militar. Mas logo fui informado, tanto por conversas quanto pela leitura de suas histórias; pois, ao longo de muitas eras, foram acometidos pela mesma doença a que toda a raça humana está sujeita; a nobreza muitas vezes lutava pelo poder, o povo, pela liberdade, e o rei, pelo domínio absoluto. Embora tudo isso fosse temperado pelas leis daquele reino, às vezes ocorriam violações, cometidas por cada uma das três partes, e mais de uma vez acabaram em guerras civis; a última delas, felizmente, foi posta a bom termo pelo avô daquele príncipe, por meio de um acordo geral; e a milícia então estabelecida, por consentimento comum, tem sempre cumprido seu mais estrito dever.

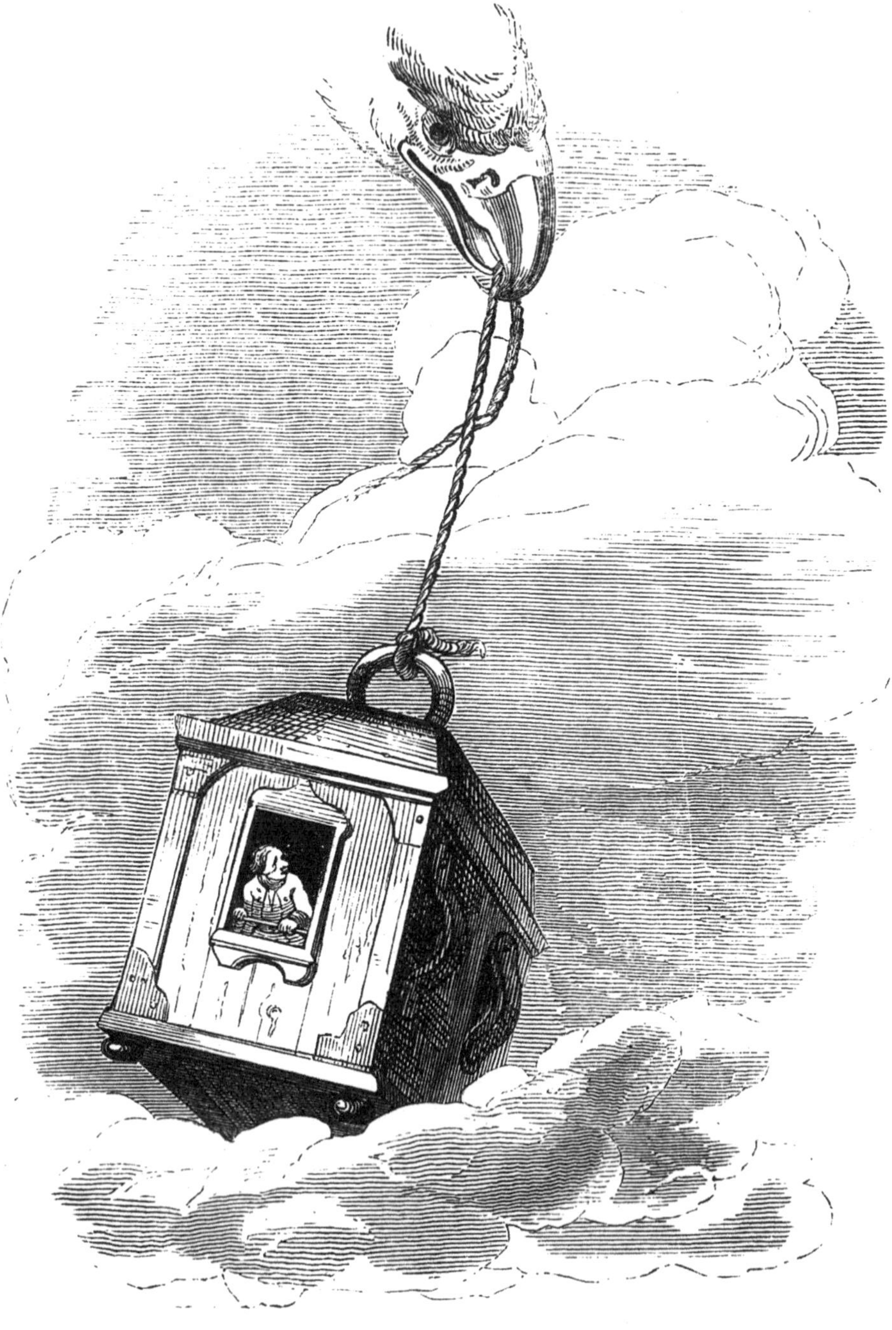

CAPÍTULO VIII

O rei e a rainha viajam até fronteiras. O autor os acompanha. Relato detalhado do modo como ele deixa aquele país. Regresso à Inglaterra.

Sempre tive uma forte convicção de que algum dia recuperaria minha liberdade, embora fosse impossível imaginar por que meios, ou elaborar qualquer projeto com a menor esperança de sucesso. O navio em que cheguei àquela costa fora o primeiro visto naquele litoral, e o rei deu ordens estritas para que, se em algum momento outro aparecesse, deveria ser trazido à terra, posto com toda a sua tripulação e passageiros em uma carroça e levado para Lorbrulgrud. Ele estava fortemente inclinado a me arranjar uma mulher do meu tamanho, com quem eu poderia propagar a raça, porém acho que preferia morrer a que sofrer a desonra de deixar descendentes para serem mantidos em gaiolas, como canários domesticados, e quem sabe, com o tempo, serem vendidos pelo reino, para pessoas de qualidade, como curiosidades. Fui, de fato, tratado com muita bondade: era o favorito de um grande rei e de uma grande rainha, e o deleite de toda a corte; entretanto, estava em uma situação que feria a dignidade da espécie humana. Nunca poderia me esquecer daqueles que havia deixado para trás. Queria estar entre pessoas, com quem eu pudesse conversar em termos de igualdade, e andar pelas ruas e campos sem ter medo de ser pisoteado até a morte como um sapo ou um filhote de cão. No entanto, minha libertação veio mais cedo do que eu esperava, e de um modo não muito comum; toda essa história e suas circunstâncias relatarei fielmente.

Eu já estava há dois anos naquele país; e por volta do início do terceiro, Glumdalclitch e eu acompanhamos o rei e a rainha em uma viagem à costa sul do reino. Fui carregado, como de costume, em minha caixa de viagem, que, como já descrevi, era um quarto muito conveniente, com quase 4 metros de comprimento. E tinha ordenado que uma rede fosse fixada com cordas de seda nos quatro cantos superiores, para diminuir os solavancos quando um criado me carregava à sua frente no cavalo, como às vezes desejava; e com frequência dormia nela, enquanto estávamos na estrada. No telhado de minha caixa, acima do meio da rede, mandei que o marceneiro fizesse um buraco de 30 cm2, para que entrasse um vento fresco nas noites quentes enquanto eu dormia; buraco esse que eu fechava quando queria, com uma placa que se movia para trás e para frente em um sulco.

Quando chegamos ao fim de nossa viagem, o rei achou apropriado passarmos alguns dias em um palácio que ele tem perto de Flanflasnic, uma cidade a 28 quilômetros do litoral. Glumdalclitch e eu estávamos muito cansados; eu estava um pouco resfriado, mas a pobre menina estava tão doente que ficou confinada em seu quarto. Eu desejava ver o oceano, que deveria ser o único cenário da minha fuga, se alguma vez viesse a acontecer. Fingi estar mais doente do que realmente estava e pedi que me deixassem tomar o ar fresco do mar com um pajem, de quem eu gostava muito e a quem às vezes me confiavam. Nunca esquecerei a relutância com que Glumdalclitch consentiu, nem a ordem estrita que deu ao pajem para ter cuidado comigo, ao mesmo tempo, chorando copiosamente, como se pressentisse o que aconteceria. O menino me levou em minha caixa, por cerca de meia hora a pé do palácio, em direção aos rochedos na praia. Ordenei que me colocasse no chão e, abrindo uma de minhas janelas, lancei vários olhares melancólicos e saudosos ao mar. Eu não me sentia muito bem, e disse ao pajem que tiraria uma soneca na minha rede, o que esperava que me fizesse bem. Entrei, e o menino fechou a janela, para me proteger do frio. Logo adormeci, e tudo o que posso imaginar é que, enquanto dormia, o pajem, pensando que nenhum perigo poderia acontecer, foi até o rochedo procurar ovos de pássaros, pois eu o havia observado antes, da minha janela, a procurar e pegar um ou dois ovos nas fendas. Seja como for, acordei de repente com um puxão violento na argola que estava presa no topo da minha caixa para facilitar o transporte. Senti minha caixa ser erguida muito alto no ar, e depois carregada com uma velocidade prodigiosa. O primeiro solavanco quase me jogou para fora da rede, mas depois o movimento tornou-se suave. Gritei várias vezes, o mais alto que podia, mas foi em vão. Olhei pelas minhas janelas e não pude ver nada além das nuvens e do céu. Ouvi um barulho acima da minha cabeça, como o ruído de asas batendo, e então comecei a entender a condição lamentável em que estava; alguma águia tinha posto a argola da minha caixa em seu bico, com a intenção de deixá-la cair sobre uma rocha, como uma tartaruga em seu casco, para depois pegar meu corpo e devorá-lo; pois a sagacidade e o olfato desse pássaro permitem que descubra sua presa a uma grande distância, por mais escondido que eu estivesse dentro de uma caixa com 5 centímetros de espessura.

Em pouco tempo, notei que o barulho e a vibração das asas aumentaram muito rapidamente, e minha caixa era lançada para cima e para baixo, como um letreiro em um dia de vento. Ouvi a águia sofrer vários golpes e pancadas (pois tenho certeza de que era a que segurava o anel da minha caixa no bico), e então, de repente, senti que estava caindo perpendicularmente, por mais de um minuto, mas com uma rapidez tão incrível que quase perdi o fôlego. Minha queda terminou numa colisão com a água, que soou mais alto a meus ouvidos do que as Cataratas do Niágara; depois disso, fiquei no escuro por mais um minuto, e então minha caixa começou a subir tanto que pude ver luz no alto das janelas. Percebi, então, que havia caído no mar. Minha caixa, com o peso do meu corpo, os objetos que ali havia e as largas placas de metal que reforçavam os quatros cantos em cima e embaixo, flutuava a cerca de 1,5 metro de profundidade na água. Supus na época, e suponho agora, que a águia que voou com a minha caixa foi perseguida por outras duas ou três e forçada a me soltar, enquanto se defendia delas, que esperavam dividir a presa. As placas de ferro presas na parte inferior da caixa (que eram as mais fortes) preservaram o equilíbrio durante a queda e impediram que se quebrasse ao bater contra a superfície da água. Cada junta estava bem sulcada; e a porta não se abria com dobradiças, mas para cima e para baixo como um caixilho, o que mantinha minha caixa tão bem fechada que pouquíssima água entrou nela. Saí com muita dificuldade da minha rede, tendo primeiro me aventurado a abrir a já mencionada placa no telhado, feita com o propósito de deixar entrar o ar, do qual a falta quase me sufocou.

Quantas vezes desejei estar de voltar com minha querida Glumdalclitch, de quem só estava distante há uma hora. E posso dizer com sinceridade que, em meio a meus próprios infortúnios, não pude deixar de lamentar pela minha pobre ama, por conta da dor que ela sentiria por me perder, do descontentamento da rainha e da desgraça em que ela cairia. Talvez muitos viajantes não tenham passado por tamanhas dificuldades e aflições que eu passava nesse momento, esperando a qualquer instante que minha caixa fosse despedaçada, ou que emborcasse na primeira rajada de vento ou onda mais forte. Uma única fissura na vidraça teria causado morte imediata; e não teriam ficado tão protegidas se não fossem as fortes treliças de ferro postas do lado de fora, para evitar acidentes em viagens. Vi a água entrar por várias fendas, embora os vazamentos não fossem consideráveis, e me esforcei para tampá-las o melhor que pude. Não fui capaz de levantar o telhado do meu quarto, o que certamente teria feito se conseguisse, para me sentar no topo dele; onde poderia pelo menos sobreviver algumas horas a mais do que encerrado dentro desse porão (como assim posso chamá-lo). E se escapasse desses perigos por um dia ou dois, o que poderia esperar senão uma morte miserável causada por frio e fome? Eu estava há quatro horas nessas circunstâncias, esperando, e de fato desejando, que cada momento fosse o último.

Como já disse ao leitor, havia dois grampos fortes fixados no lado da caixa onde não havia janela, e nos quais o criado, que costumava me levar a cavalo, prendia um cinto de couro e o amarrava a sua cintura. Estando nesse estado desconsolado, ouvi, ou pelo menos pensei ter ouvido, uma espécie de rangido naquele lado da caixa onde os grampos estavam fixados; e logo depois comecei a imaginar que a caixa estava sendo puxada ou rebocada no mar; pois, de vez em quando, sentia uma espécie de puxão, que fazia as ondas subirem quase até o topo das minhas janelas, deixando-me no escuro por alguns segundos. Isso me deu um pouco de esperança de que seria salvo, embora não fosse capaz de imaginar como isso poderia acontecer. Aventurei-me a desaparafusar uma das minhas cadeiras, que sempre estavam presas ao chão; e conseguindo com muita dificuldade prendê-la novamente, sob a placa do teto que tinha aberto há pouco tempo, subi na cadeira e, colocando minha boca o mais perto que pude do buraco, pedi socorro em voz alta, e em todas as línguas que sabia. Em seguida, prendi meu lenço na bengala que normalmente carregava e, empurrando-a pelo buraco, agitei-a várias vezes no ar, para que, se algum barco ou navio estivesse próximo, os marinheiros pudessem imaginar que algum mortal infeliz estava preso na caixa.

Não vi nenhum efeito em tudo o que fizera, mas percebi com clareza que minha caixa se movia; e depois de uma hora, ou mais, aquele lado da caixa onde os grampos estavam e no qual não havia janelas, bateu contra algo duro. Achei que fosse uma rocha, e me vi sendo lançado com mais força do que nunca. Ouvi claramente um barulho na tampa da minha caixa, como o de um cabo sendo passado pela argola. Em seguida fui içado, aos poucos, a pelo menos 90 centímetros mais alto do que antes. Então ergui outra vez minha bengala com o lenço, pedindo socorro até ficar quase rouco. Em resposta, ouvi um grande grito ser repetido três vezes, o que me proporcionou tanto êxtase de alegria que ninguém mais pode entender, a não ser aqueles que o sentem. Ouvi então um pisoteio sobre a minha cabeça, e alguém dizendo através do buraco com uma voz alta, em inglês: "Se houver alguém aí, que fale". Respondi que era inglês, e havia sido atraído pela má sorte para a maior calamidade já sofrida por qualquer criatura, e implorei para ser retirado da masmorra em que me encontrava. A voz respondeu que estava a salvo, pois minha caixa estava presa a seu navio; e que o marceneiro viria imediatamente para fazer um buraco grande o bastante para que eu pudesse sair. Disse que isso seria desnecessário e que levaria muito tempo; pois um marinheiro poderia simplesmente colocar um dedo na argola e puxar a caixa para o navio, levando-a em seguida para o camarote do capitão. Alguns deles, ao me ouvirem falar assim, pensaram que eu estava louco, outros riram; pois nunca passou pela minha cabeça que eu agora estava entre pessoas da minha estatura e força. O carpinteiro veio e em alguns minutos serrou uma passagem com pouco mais de 1 m2, então baixou uma pequena escada, na qual subi, e então fui levado para o navio em estado de grande fraqueza.

Os marinheiros ficaram espantados e me fizeram mil perguntas, que eu não tinha vontade de responder. Também estava confuso por ver tantos pigmeus, pois assim os julguei, depois de tanto tempo acostumado aos objetos monstruosos que havia deixado para trás. Mas o capitão, sr. Thomas Wilcocks, um homem honesto e digno de Shropshire, observando que eu estava prestes a desmaiar, levou-me para seu camarote, deu-me um cordial para me confortar, e fez que eu me deitasse em sua cama, aconselhando-me a descansar um pouco, o que eu precisava muito. Antes de dormir, disse-lhe que tinha alguns móveis valiosos na minha caixa, bons demais para se perder: uma rede fina, uma bela cama dobrável, duas cadeiras, uma mesa e um armário; que minha caixa estava coberta em todos os lados, ou melhor, acolchoada, com seda e algodão; que se ele deixasse um dos tripulantes trazer minha caixa para seu camarote, eu a abriria diante dele e mostraria meus bens. O capitão, ouvindo-me proferir esses absurdos, concluiu que eu estava delirando; no entanto (suponho que para me acalmar), prometeu dar a ordem como eu desejava, e do convés, pediu que alguns de seus homens fossem até minha caixa, de onde (como depois eu descobri) retiraram todos os meus bens e arrancaram o acolchoado; mas as cadeiras, o armário e a cama, estando parafusadas ao chão, foram muito danificados pela ignorância dos marinheiros, que os arrancaram à força. Em seguida, arrancaram algumas das pranchas para serem usadas no navio, e quando conseguiram tudo o que queriam, jogaram a caixa no mar, que por conta das muitas fendas no fundo e nas laterais, afundou na hora. E, de fato, fiquei feliz por não ter sido um espectador dos estragos que fizeram, pois estou certo de que isso teria me tocado muito, ao me fazer lembrar de antigos acontecimentos que preferia esquecer.

Dormi algumas horas, mas fui perturbado constantemente por sonhos do lugar de onde eu tinha ido embora, e dos perigos de que tinha escapado. No entanto, ao acordar, senti-me recuperado. Era agora por volta de 8 horas da noite, e o capitão ordenou que o jantar fosse servido imediatamente, pensando que eu estava em jejum há muito tempo. Ele me tratou com grande bondade, observando que eu não parecia louco ou falava coisas sem sentido; e quando fomos deixados sozinhos, desejou que eu lhe fizesse um relato de minhas viagens, e lhe contasse como eu havia ficado à deriva, naquele monstruoso baú de madeira. Disse que por volta do meio-dia, enquanto olhava através de sua luneta, ele o viu a distância, e pensou que fosse um barco, que ele queria alcançar, não estando muito fora de sua rota, na esperança de comprar alguns biscoitos, pois os seus já estavam no fim. Entretanto, ao se aproximar e perceber que estava equivocado, enviou seu escaler para descobrir o que era; que seus homens voltaram assustados, jurando que tinham visto uma casa que flutuava. Ele riu dessa loucura, e entrou ele mesmo no barco, ordenando que seus homens levassem um cabo forte com eles. Como o tempo estava calmo, remou em volta de mim várias vezes, observando minhas janelas e a grade de arame que as protegiam. Descobriu também os dois grampos de um lado, que estava totalmente fechado, sem nenhuma passagem para a luz. Em seguida, ordenou que seus homens remassem para aquele lado, e prendendo um cabo a um dos grampos, ordenou que rebocassem meu baú, como o chamavam, até o navio. Quando chegou lá, deu instruções para que prendessem outro cabo à argola fixada na tampa e içassem meu baú com polias, mas nem mesmo todos os marinheiros conseguiram fazer com que ele se elevasse mais de 90 centímetros. Disse que viram minha bengala e meu lenço saírem pelo buraco e concluíram que algum homem infeliz devia estar preso na cavidade. Perguntei se ele ou a tripulação tinha visto alguma ave prodigiosa no ar, no momento em que me encontraram. Ao que ele respondeu que discutindo esse assunto com os marinheiros enquanto eu estava dormindo, um deles disse ter observado três águias voando em direção Norte, mas não notou nada nelas além do tamanho maior do que o normal; o que imagino que pode ser imputado à grande altura em que estavam; e ele não conseguiu entender o motivo da minha pergunta. Então perguntei ao capitão a que distância ele achava que poderíamos estar de terra. Ele respondeu que, segundo seus cálculos, estávamos a pelo menos 100 léguas. Assegurei-lhe que o cálculo devia estar errado quase pela metade, pois eu não tinha deixado o país de onde eu partira há mais de duas horas antes de cair no mar. Com isso, ele começou a pensar novamente que meu cérebro estava perturbado, dando-me indícios desse pensamento, e me aconselhou a ir para a cama em uma cabine que ele havia fornecido. Assegurei-lhe que estava bem revigorado devido a seu tratamento e companhia, e tão lúcido quanto jamais estive na vida. Ele então se tornou sério e me perguntou sem rodeios se eu não estava perturbado em minha mente pelo peso na consciência de algum crime enorme, pelo qual fui punido, por ordem de algum príncipe, com o aprisionamento naquele baú, assim como grandes criminosos, em outros países, são forçados a navegar no mar em um barco furado, sem provisões; pois, embora ele lamentasse ter levado um homem assim para seu navio, ainda me dava sua palavra de que me deixaria a salvo em terra, no primeiro porto a que chegássemos. Acrescentou que suas suspeitas aumentaram muito por conta de algumas coisas muito absurdas que eu havia dito primeiro a seus marinheiros, e depois a ele, em relação a minha caixa ou baú, bem como por minha aparência e comportamento estranho durante o jantar.

Implorei que tivesse paciência para ouvir minha história, a qual fielmente relatei, desde a última vez que deixei a Inglaterra até o momento em que me encontrou. E, como a verdade sempre encontra seu caminho em mentes racionais, esse cavalheiro honesto e digno, que tinha alguns traços de conhecimento e muito bom senso, convenceu-se imediatamente de minha franqueza e veracidade. Porém, para confirmar tudo o que eu tinha dito, pedi-lhe que desse ordem para que trouxessem meu armário, do qual eu tinha a chave no bolso; pois ele já havia me informado que os marinheiros haviam se livrado da minha caixa. Eu o abri em sua presença e mostrei-lhe uma pequena coleção de raridades que recolhi no país do qual tinha escapado de forma tão estranha. Havia o pente que tinha feito com os tocos de barba do rei, e outro do mesmo material, mas fixados em um pedaço de unha do polegar de Sua Majestade a Rainha, que servia de guarnição. Havia uma coleção de agulhas e alfinetes, que tinham entre 30 e 90 centímetros de comprimento; quatro ferrões de vespa, como tachinhas de marceneiro; alguns fios de cabelo da rainha; um anel de ouro, que um dia ela me dera de presente, da maneira muito gentil, pegando-o de seu dedo mindinho e colocando-o sobre minha cabeça como um colar. Desejei que o capitão aceitasse tal anel em troca de sua civilidade, porém ele o recusou terminantemente. Mostrei-lhe um calo que eu tinha cortado com as próprias mãos, do dedo do pé de uma dama de honra; era do tamanho de uma maçã, e tão duro que, quando voltei para a Inglaterra, mandei entalhá-lo em forma de taça, com enfeites de prata. Por fim, pedi que observasse as calças que eu vestia, pois eram feitas de pele de rato.

Não consegui forçá-lo a aceitar nada além de um dente de lacaio, que o vi examinar com grande curiosidade, e percebi que lhe interessava muito. Ele o aceitou com muitos agradecimentos, mais do que tal ninharia poderia merecer. Fora arrancado por um cirurgião inábil, por engano, de um dos criados de Glumdalclitch, que estava com dor de dente, mas esse estava tão saudável quanto qualquer outro que havia em sua boca. Limpei-o e coloquei-o no meu armário. Tinha cerca de 30 centímetros comprimento e 10 centímetros de diâmetro.

O capitão ficou muito satisfeito com o relato claro que lhe fiz e disse que esperava que, quando voltássemos para a Inglaterra, eu fizesse o obséquio ao mundo de colocá-lo no papel, tornando-o público. Respondi-lhe que já estávamos sobrecarregados com livros de viagem, que nada poderia ser publicado hoje em dia se não fosse extraordinário, o que me fazia suspeitar que alguns autores consultassem menos a verdade do que a própria vaidade ou interesses, ou buscassem apenas divertir os leitores; que minha história poderia conter pouco mais que eventos comuns, sem aquelas descrições ornamentais de plantas, árvores, pássaros e outros animais estranhos; ou dos costumes bárbaros e idolatria de pessoas selvagens, que são abundantes nos relatos da maioria dos autores. No entanto, agradeci-lhe por sua opinião e prometi pensar no assunto.

Ele disse que se espantava muito com uma coisa, que era me ouvir falar tão alto; e perguntou-me se o rei ou a rainha daquele país eram surdos. Disse-lhe que estava acostumado a falar assim há mais de dois anos, e que admirava muito a voz dele e de seus homens, pois me pareciam apenas sussurros, e ainda assim podia ouvi-los muito bem. Mas, quando eu falava naquele país, era como um homem falando na rua com um outro que o olhava do topo de um campanário; menos quando me colocavam em uma mesa, ou me seguravam nas mãos. Disse-lhe também que observara outra coisa, que, quando entrei no navio e os marinheiros ficaram ao meu redor, pensei que eram as criaturinhas mais desprezíveis que eu já havia visto. Pois, de fato, durante minha estada no país daquele príncipe, eu nunca suportei me olhar no espelho depois que meus olhos se acostumaram a objetos tão prodigiosos, porque a comparação me dava um conceito muito ruim de mim mesmo. O capitão afirmou que quando estávamos jantando, notou que eu observava cada item com uma espécie de fascinação e que muitas vezes parecia incapaz de conter uma risada, o que ele não sabia muito bem como interpretar, mas atribuiu a algum distúrbio no meu cérebro. Respondi que era verdade, e me perguntava como poderia me conter ao ver pratos do tamanho de uma moeda de prata de três pences, uma perna de porco que mal dava um bocado, uma taça menor do que uma casca de noz; e então continuei, descrevendo o resto de seus utensílios e provisões da mesma maneira. Pois, embora a rainha tivesse me fornecido todas as coisas necessárias para mim em tamanho reduzido enquanto eu estava a seu serviço, ainda assim minhas ideias eram totalmente tomadas pelo que eu via de todos os lados, e ignorava minha pequenez, como as pessoas fazem com os próprios defeitos. O capitão entendeu muito bem meu sarcasmo e respondeu alegremente com o velho provérbio inglês que duvidava que meus olhos fossem maiores do que minha barriga, pois notara que eu não havia comido muito bem, embora tivesse jejuado o dia todo; e, continuando com sua alegria, declarou que teria dado 100 libras de bom grado para ver minha caixa no bico da águia, e depois sua queda no mar de uma altura tão grande; o que certamente teria sido uma imagem surpreendente, digna de ser descrita e transmitida às futuras gerações; e a comparação com Faetonte[10] era tão óbvia, que ele não podia deixar de fazê-la, embora eu não gostasse muito da ideia.

O capitão, tendo estado em Tonquin,[11] regressava à Inglaterra, conduzindo o navio rumo ao Nordeste numa latitude de 44 graus e longitude de 143. Mas, ao se deparar com ventos alísios dois dias depois que subi a bordo, navegamos para o Sul por um longo tempo, e margeando a Nova Holanda,[12] mantivemos nosso curso oeste-sudoeste e depois sul-sudoeste, até dobrarmos o Cabo da Boa Esperança. Nossa viagem foi muito próspera, mas não incomodarei o leitor com um relato dela. O capitão parou em um ou dois portos, e enviou um escaler para buscar provisões e água doce; porém, não saí do navio até chegarmos a Downs, no terceiro dia de junho de 1706, cerca de nove meses após a minha fuga. Ofereci meus bens como pagamento pelo meu transporte, mas o capitão declarou que não aceitaria um centavo. Despedimo-nos gentilmente, e eu o fiz prometer que me visitaria em Redriff. Aluguei um cavalo e um guia por 5 xelins, que tomei emprestado do capitão.

Na estrada, ao observar a pequenez das casas, das árvores, do gado e das gentes, comecei a imaginar que estava em Lilipute. Tinha medo de pisotear os viajantes que encontrava, e muitas vezes gritava para que eles saíssem do caminho, de modo que quase levei uma ou duas pancadas na cabeça por conta da minha impertinência.

Quando cheguei à minha casa, depois de pedir por informações, um dos criados abriu a porta e eu me abaixei para entrar (como um ganso em um portão), com medo de bater minha cabeça.

---

10 Faetonte é filho de Hélio, personificação do Sol na mitologia grega. Um dia, Faetonte pede a seu pai as rédeas do carro do Sol, mas sem conseguir conduzi-lo direito, quase provoca a destruição da Terra. Para evitar um desastre, Zeus o atinge com um raio, fazendo cair no rio Erídano. (N.T.)
11 Nome dado ao norte do Vietnã. (N.T.)
12 Nova Holanda corresponde ao norte do Japão. (N.T.)

Minha esposa correu para me abraçar, mas me agachei na altura dos seus joelhos, pensando que de outra forma ela nunca poderia alcançar minha boca. Minha filha ajoelhou-se para pedir minha bênção, entretanto só pude vê-la quando se levantou, pois estava acostumado a ficar com a cabeça e os olhos voltados a uma altura acima de 1,5 metro, e então peguei-a com uma mão só pela cintura. Eu olhava para os criados, e para um ou dois amigos que estavam na casa, como se fossem pigmeus, e eu, um gigante. Disse à minha esposa que ela tinha sido muito frugal, pois ela e sua filha estavam quase reduzidas a nada. Em suma, comportei-me de forma tão inexplicável que todos compartilharam a opinião do capitão quando me viu pela primeira vez, concluindo que eu havia perdido o juízo. Isso menciono como um exemplo do grande poder do hábito e do preconceito.

Em pouco tempo, eu, minha família e meus amigos nos entendemos; mas minha esposa afirmou que eu nunca mais deveria ir para o mar; no entanto, meu mau destino quis que ela não tivesse o poder de me impedir. Concluo aqui a segunda parte de minhas viagens infelizes.

Impressão e Acabamento
Gráfica Oceano